狼與辛香料

VII

Side Colors

支倉凍砂
Hasekura
ration
倉十
Ayakura

確實有某人站在逆光處。
少年以為那是神明的聲音。
少年、少女與白花

——聳聳肩笑著朝向天空一看，
發現了一大片清澈的藍。
蘋果的紅、天空的藍

「冰冷的蘋果會使人憂鬱。」

「汝的意思是咱開朗過了頭？」
狼與琥珀色的憂鬱

Contents

狼與辛香料 VII

Side Colors

少年、少女與白花

卡拉斯在爬過微陡的山丘後，找了一塊躺在路旁的平坦石塊坐下。

因為四周沒有任何東西遮蔽視野，所以儘管山丘不算太高，也能夠看到相當遠的地方。

聽說這條路通往海洋，但無論走了多遠，眼前盡是相似的景色，連一條小河都看不到。

對來到世上剛滿十年不久的卡拉斯來說，這般年紀的他還想像不出海洋的模樣。

不過，卡拉斯聽過人家描述海洋的樣子。他知道所謂的海洋，不是那種會一不留神就錯過的東西。所以，海洋應該還在很遠很遠的地方。卡拉斯把用來當拐杖的粗樹枝擱在一旁，拿起裝著水的皮袋，沾了一小口充斥著皮革臭味的水滋潤雙唇，接著頂著隨風飄動的褐髮，倏地轉頭看向後方。

在他後方，早已看不見那棟把他給趕了出來的宅邸。但卡拉斯沒有因此感到落寞，反而覺得有些痛快。

雖然他也不太明白自己為何感到痛快，但總算看見回頭尋找的目標。

因為方才在半路上看見一大片白花，卡拉斯早料到少女會在那裡逗留。他回頭一看，發現果真如此。

隨著冬季結束，乾枯的冷風已遠去。春天的空氣充滿了柔和的草香，在和煦的陽光底下，她蹲在不知名、也不稀奇的花朵前方看得出神。那彷彿永遠看不膩似的模樣，與正在吃花的小羊有些相似。

她戴著包住整顆頭的兜帽，身穿下襬就快碰到地面的白色長袍。

只要走近一看，就會發現少女身上的白色長袍已經蒙上一層污垢，但離遠一點看，那模樣還挺像隻小羊的。

她的名字是艾里亞絲。

艾里亞絲說她不知道自己的年紀多大，但身高比卡拉斯高了一些。

因為覺得不服氣，所以卡拉斯認定艾里亞絲大他兩歲。

「艾里亞絲！」

聽到卡拉斯呼喚自己的名字，艾里亞絲總算抬起了頭。

「我們不是約好，在中午前要爬過四座山丘嗎!?」

雖然卡拉斯到現在還搞不太懂艾里亞絲的思緒，但掌握到了幾個事實。

其中一個事實是，就算拜託艾里亞絲做些什麼，她也絕對不肯去做；但如果與她約定說「就這麼做喔」，她就會遵守約定。

察覺到這個事實之前，卡拉斯好幾次都想丟下沒走幾步路，就立刻停下腳步的艾里亞絲。

艾里亞絲慢吞吞地站起身子，一副意猶未盡的模樣；她一邊頻頻回頭看花，一邊爬上山丘頂

端。卡拉斯夾雜著嘆息聲對著她說：

「有那麼稀奇嗎？」

因為坐在石塊上，所以卡拉斯以仰望艾里亞絲的姿勢說話。

艾里亞絲總是壓低兜帽蓋住眼睛，所以卡拉斯要是沒有從近處探出頭看，或是從底下仰望，就看不清楚她的容貌。

因此，旅行了好些時間後，卡拉斯才發現兜帽底下的面容儘管沒有什麼表情變化，卻非常地可愛。

「那是……花沒錯吧？」

有著一張可愛臉蛋的艾里亞絲，像在確認重要事項似的說道。

「是啊。昨天、還有前天不也都看到了嗎？」

艾里亞絲的清澈藍色眼珠，看向綻放於山丘下方的白花。

微風再度吹來，幾絲露出兜帽外的美麗金髮隨之飄揚。

「可是……很奇怪耶。」

「什麼東西奇怪？」

這時，艾里亞絲第一次看向卡拉斯，然後一邊傾頭，一邊回答：

「那些花朵底下沒有花瓶耶，這樣怎麼不會枯萎呢？」

聽到艾里亞絲的詢問，卡拉斯沒有皺眉懷疑，他將視線從艾里亞絲的臉龐往下移。

「真是的，妳在幹嘛啦。我不是說過快沒水了，叫妳不要把手弄髒嗎？」

卡拉斯抓起艾里亞絲藏在長袍袖子底下的手一看，發現指尖髒兮兮的。

泥土甚至跑進了艾里亞絲的指縫，毀了一雙原本很漂亮的手。

卡拉斯正打算用掛在腰上的手帕幫艾里亞絲擦手，但艾里亞絲卻迅速將手抽回，以銳利的目光俯視著卡拉斯。

「人家告訴我『只有人們的心靈才會有污穢』，你不應該說謊的。」

然後，她丟出這句話。

卡拉斯聽了，欲言又止地停頓了一會兒，但最後還是放棄了。

「妳說的對，是我不好。」

艾里亞絲露出只稍微彎起眼角的淡淡笑容，然後看似滿意地點了點頭。

後來，艾里亞絲沒有遵守約定，兩人沒能夠爬過四座山丘。

但不知為何，卡拉斯是在被迫聆聽艾里亞絲針對不守約定的訓話後，才得以開始吃午餐。

因為艾里亞絲堅持反對吃早餐，所以午餐時間卡拉斯總會多吃一些，免得體力不支。

話雖這麼說，在卡拉斯肩上的麻袋裡頭，只裝了七片用馬兒吃的燕麥粉製成、大小約可遮住整張臉的扁平硬麵包，以及炒過的豆子。除此之外，就只有一把鹽巴以及一只裝了水的皮袋。

被趕出宅邸時，卡拉斯只拿到這麼點份量的食物。可想而知，如果沒有好好分配，一下子就會面臨糧食不足的窘境。

每次拿出一定份量的麵包和豆子後，卡拉斯總會緊緊地綁上袋口。

幸好艾里亞絲的食量小得驚人。她今天也只吃了十顆炒過的豆子和八分之一片的燕麥麵包。她一小口一小口地咬著紮實、黏牙又硬邦邦的難吃麵包，還在用餐前和用餐後禱告。

艾里亞絲似乎是在向神明表達感謝之意。

但是，卡拉斯倒覺得艾里亞絲應該感謝的不是神明，而是他才對。因為是他大方地把珍貴的食物分給了沒帶糧食就踏上旅途的艾里亞絲。可是，艾里亞絲告訴他食物本來就是神明所賜與，當然應該感謝神明。

雖然覺得艾里亞絲這麼說有些狡猾，但卡拉斯不知道怎麼反駁，所以只能保持沉默。

儘管艾里亞絲用了很多不合理的說法哄騙卡拉斯，但如果詢問卡拉斯覺得艾里亞絲聰不聰明，他恐怕會歪著頭懷疑。

不管怎麼說，艾里亞絲實在無知得教人難以置信。

「啊……」

看見艾里亞絲抬頭這麼說，卡拉斯隨著她的視線看去，結果看見一隻褐色的鳥在空中飛翔。

要是能夠抓到那隻小鳥，然後拔光羽毛來烤，一定很好吃；卡拉斯一邊想著，一邊憶起艾里亞絲第一次看見小鳥時所說的話，讓他暫時忘卻了難以下嚥的燕麥麵包。那時聽到艾里亞絲的發言，卡拉斯還不禁暗自感嘆「這就是所謂的荒腔走板啊」。

艾里亞絲投來充滿疑問的視線，把卡拉斯從沉思中拉回現實世界。

「那是小鳥沒錯吧？」

「是啊。那不是蜘蛛，也不是蜥蜴。」

「那是在……飛沒錯吧？」

「是啊。」

艾里亞絲一邊用手指剔起黏在牙齒上的燕麥麵包，一邊露出彷彿聽見駭人秘密似的驚嘆表情，注視著在空中飛翔的小鳥。雖然卡拉斯覺得艾里亞絲的樣子很奇怪，但也覺得很可愛。

艾里亞絲第一次看見小鳥時，說那是貼在天花板上的蜘蛛。

當時卡拉斯聽了，有好一會兒反應不過來。聽著聽著，他總算搞懂艾里亞絲是把天空當成就在不遠處的天花板，把小鳥當成貼在天花板上的蜘蛛。

雖然卡拉斯當時感到很訝異，但又覺得身為男人不應該沒出息地嘲笑女人，於是就告訴艾里亞絲天空是被高得超乎人們想像的樹木所支撐，而小鳥就在其底下飛翔。

艾里亞絲半信半疑了好一會兒，但後來看見小鳥從地面飛起，總算接受了事實。

不管碰到什麼事情，艾里亞絲都是這副德性。

看見從地面長出的花朵，她就問說沒有花瓶怎麼不會枯萎。不過，像這樣的反應其實還算好就是了。

在卡拉斯打雜的宅邸旁邊，有一棟用高聳石牆圍起的建築物，而艾里亞絲以前就住在那裡。

艾里亞絲就是竭盡所能地回想過去，也不記得自己曾經走出那棟建築物，還說閱讀是她以前少有的樂趣。

卡拉斯也認得時而出入那棟建築物的人們。

根據他到處聽來的謠言，住在宅邸的領主大人似乎是被南國的人欺騙，所以才蓋了那棟建築物。而出入那棟建築物的似乎也都是來自南方的人。

石牆背後時而會傳來歌聲，但卡拉斯一句也聽不懂，所以一直認為那應該是南國的歌曲。

不過，蓋了這般建築物的領主大人，是個不喜歡待在自己領土上頭，而是喜歡一整年到處流浪的人，所以宅邸的傭人們一致認為：就算是管家大人，也不會知道事情始末。

因為是棟充滿神秘感的建築物，所以直到聽了艾里亞絲親口說明，卡拉斯才總算明白，那時而聽見的歌曲，其實是在讚頌神明的特別歌曲。

而他曾在咫尺之處，聆聽了那歌曲三次。

「好了，差不多該走了吧。」

卡拉斯把最後一口豆子丟進嘴裡說道。

某天，宅邸突然來了一大群陌生人。他們帶著大量行李，也運來許多家畜。宅邸的人們不明所以地停下工作，用疑惑的目光望著他們時，一名打扮得最貴氣、肚子最大的老頭子自稱是領主大人的弟弟，並且拉開嗓門大聲說：

『從這一刻開始，你們不再是這裡的居民。限你們立即收拾行李離開。』

聽說身為宅邸主人的領主大人在旅途中死去，所以變成是領主大人的弟弟要住進宅邸。不知道這位弟弟是看什麼不順眼，包括住在石屋裡的所有人，全被他轟了出去。

有的人哭鬧、有的人發呆、有的人以為是在開玩笑而打算繼續工作、有的人抱著領主大人的弟弟苦苦哀求。一片混亂之中，只有艾里亞絲一人晃啊晃地走了出去。

隔了一會兒後，新來的宅邸居民像在餵食雞似的開始分發飲用水和麵包之類的食物。卡拉斯向他們拿了兩人份的食物後，立刻拚命地跑了起來。

他之所以如此賣力，是為了追上那個彷彿受某種力量牽引似地，晃啊晃地走上通往海洋道路的怪異少女。

「我們要在日落前爬過六座山丘喔。如果再這樣下去，不知道什麼時候才走得到海洋。」

「這是約定嗎？」

「嗯，是約定。」

卡拉斯心裡明白，等會兒一定又會因為艾里亞絲而達不到目標，也知道到時候會變成是他打破這個約定、變成是他的錯。

即便如此，為了讓艾里亞絲繼續前進，卡拉斯只能這麼做。

而且，卡拉斯其實還蠻喜歡看見艾里亞絲在他沒能夠遵守約定時，一副有些生氣又像是拿他沒輒的模樣訓話的表情。

比起在宅邸時每天挨罵挨打，還要搬運沉重的水或麥桿堆的生活，卡拉斯覺得與艾里亞絲這般悠哉的旅行有趣多了。

不過，與艾里亞絲的旅行還是有讓他十分緊張的時候。那就是晚上。

「夜晚絕對不是什麼恐怖的東西。就像白天看得見太陽、晚上看得見月亮一樣，神明總是隨時守護著我們。」

「……是、是。」

儘管用著沙啞的聲音這麼回答，卡拉斯的腦海某處卻異常冷靜地想著：「現在應該只有星星和缺了一小角的月亮在高處望著我們吧。」

兩人此刻躺在最後抵達的山丘上。

就算知道四周什麼都沒有，也沒有其他人在，卡拉斯還是覺得有些難為情。

「神明還這麼告訴我們。祂說，人類孤伶伶一人時，會受到飢餓和孤獨的折磨，也會因為寒冷而顫抖。可是，如果兩個人時，至少不會感到孤獨，也不會覺得那麼冷。」

「……是。」

「還會冷嗎？」

卡拉斯差點也要回答「是」時，急忙搖了搖頭。

不過，艾里亞絲似乎不相信卡拉斯的回應。

她稍微加重繞到卡拉斯背後的雙手力量，用力抱緊卡拉斯說：

「忍受飢餓是很好的考驗。不過，神明並不期望我們刻意忍受寒冷。」

即使這是卡拉斯第四次聽到這句話，身體還是因為緊張而不禁顫抖。

起初卡拉斯是因為緊張而無法入睡。尤其是在發現艾里亞絲長得這麼可愛後，讓他更加難以入睡。

艾里亞絲脫下剪裁寬鬆、布料足夠的長袍當作棉被蓋在身上，並緊緊抱住卡拉斯。

雖說現在已是春天，到了晚上還是頗有寒意。

不過，對於以往睡處僅有屋簷遮蓋、幾乎算是睡在外頭的卡拉斯來說，忍受這麼點寒意不算

太辛苦。只是，艾里亞絲認為露宿是神明給予的考驗，所以總會盡可能地幫助卡拉斯取暖。

也就是說，她會利用體溫幫助卡拉斯取暖。

第二天晚上，卡拉斯因為前一天根本沒睡飽，所以一下子就掉進夢鄉；第三天晚上，他緊張到最後，終於好不容易睡著。

到了第四天晚上，卡拉斯也習慣多了，只是每當艾里亞絲身上散發出奇妙的香甜氣味時，還是會不禁臉頰發燙。艾里亞絲身上的味道不像塗上蜂蜜去烤的麵包香味，而是一種讓人輕飄飄的香甜氣味。

但是，這樣的狀況讓卡拉斯有些罪惡感。

因為卡拉斯沒有向艾里亞絲坦白一件事實。

「哈啾！」

卡拉斯聽到頭頂上方傳來打噴嚏聲。

艾里亞絲只顧著擔心卡拉斯冷不冷，其實應該是她自己比較冷。

她緩緩動了一下身子說道：

「……這麼說神明可能會罵我吧……」

雖然看不見艾里亞絲的表情，但卡拉斯知道她笑了。

「可是，如果只有我一人，恐怕會撐不下去。幸好卡拉斯你是個女生。」

卡拉斯從來沒被人誤認為女生，他也相信如果對一百人說他是女生，一百人都會大笑說：

「那是不可能的事情。」

即便如此，卡拉斯還是覺得艾里亞絲一定當真把他當成女生。

因為不管怎麼說，在這段旅程中，兩人唯一一次與馬車擦身而過時，艾里亞絲居然一臉鐵青地看向馬兒說：

——那就是所謂的男人嗎？

「我想睡了，晚安。」

艾里亞絲很厲害，每次這麼說完，她真的就會立刻睡著。

卡拉斯故意保持沉默，沒有回答她。

直到聽見艾里亞絲發出如小兔子般的呼吸聲，卡拉斯才一邊祈禱不會被人看見，一邊稍微把臉貼在她柔軟的胸部上。

卡拉斯說「晚安」時，之所以會一副像在找藉口似的模樣，是因為那確實是藉口。

這天晚上，卡拉斯忽然醒了過來。

他瞥了天空一眼，發現缺了一小角的月亮，已經跨過天空正中央，遠遠地跑在前面。

現在是夜晚的午夜時分。
大半夜裡的氣溫很低，於是卡拉斯拋開羞怯之情，重新抱住了艾里亞絲。
卡拉斯不停動著身子，總算找到了輕鬆的姿勢，讓他得以稍作喘息。
四周非常、非常地安靜，只聽得見艾里亞絲的呼吸聲。
卡拉斯睡在家畜寮舍的角落時，每天晚上根本不得安寧。
老鼠整晚東奔西走，想要吃家畜吃剩的飼料，還會理所當然地跑進卡拉斯的衣服裡。而且在這種時候，蛇或是貓頭鷹會為了捕捉老鼠而露出銳利的目光。夜晚的不速之客不只這些，還會有狐狸為了抓雞、狼為了抓羊而來。
每當危險靠近時，馬兒就會開始發狂，雞會開始亂叫，老鼠也會更誇張地到處跑來跑去。
所以，與艾里亞絲共度的夜晚太過安靜，反而讓卡拉斯有種快要耳鳴的感覺。
而且，現在就算太陽升起、清晨到來，也不會有人來使喚差遣卡拉斯，更不會有怎麼做都做不完的工作。卡拉斯以往從不曾覺得入睡是如此開心的事情。
突然被趕出宅邸時，卡拉斯確實感到訝異，但他不太明白沒了工作明明是件好事，為什麼其他人會那麼恐慌失措，還哭著苦苦哀求。
雖然分到的食物不算多，但吃光食物前，一定能夠抵達海洋。聽說海洋有很多魚，到時候只要捕魚來吃就好了。要不然，乾脆在海洋住下來也不錯。

不過，不知道艾里亞絲有沒有看過魚?她一定沒看過吧。這樣的話，就得告訴她魚是一種在水裡面也不會溺斃的生物。

想到這裡，卡拉斯想像起艾里亞絲聽到說明時的表情，不禁發出竊笑聲。這讓他再次感受到四周真的很安靜。

在那之後，卡拉斯靜下心來，正準備再度入睡時，聽到了呼吸聲以外的微弱聲響。

「咚、咚、咚」的聲音輕輕傳進卡拉斯耳中。

或許是艾里亞絲的心跳聲吧。

艾里亞絲胸前明明有兩團軟綿綿的東西，沒想到心跳聲還這麼清楚；卡拉斯感到不可思議地這麼想著，突然察覺狀況似乎有些奇怪。

他發現只有一邊耳朵聽得見聲音。說得具體一些，就是只有貼在草皮上的右耳聽得見。

遠遠傳來「咚、咚、咚、咚、咚咚」的聲音。

這聲音好熟悉喔。

卡拉斯這麼嘀咕著，下一秒鐘，他把原本繞在艾里亞絲背上的手繞到自己背後，接著抓住用來取代拐杖的粗樹枝。

「是……」

險些叫出「狼」的那一刻，卡拉斯把話吞了回去，然後只抬起頭環視四周。

強勁有力的「噗通、噗通」聲響傳進卡拉斯耳中，那是他自己的心跳聲。

在心跳聲的催促下，卡拉斯無法控制地發出了「哈！哈！」的喘息聲。

他屏住呼吸先看向右方，再看向左方。

月亮高掛在天空上，也照亮了四周。

可是，卡拉斯沒看見狼的蹤影。

「艾里亞絲、艾里亞絲。」

卡拉斯的手心冒汗，喉嚨又乾又渴。

他一邊搖晃艾里亞絲，一邊環視四周，還是沒看見狼的蹤影。

不過，卡拉斯感覺得到氣氛變了。狼好像也察覺到他的反應有所不同。

就算不願意，只要體驗過像卡拉斯那樣每天在家畜寮舍睡覺的生活，也會知道只有狼是特別的存在。

在一片黑暗的夜晚裡，只有狼的眼睛會發出金色光芒。

腳步無聲無息，僅在抓到獵物躡足離去之際，才會曝露身影。

艾里亞絲總算醒了過來，但目光還沒抓到焦點。那茫然的模樣讓人看了會忍不住想要捉弄她。卡拉斯不禁覺得倒不如讓她繼續睡覺，狼還比較可能放過她。

卡拉斯把拐杖拉近身體，再次把耳朵貼在地面上。

他相信狼很少攻擊人類。因為他自己就有過三次被叼著雞的狼從頭上跨過的經驗。不過，卡拉斯覺得或許是因為三次都有雞，所以狼才沒有攻擊他。

果然還是聽得見「咚、咚、咚、咚」的聲音。不知道是不是多心，卡拉斯覺得聲音比方才大了些。

狼現在肯定正一邊磨著牙，一邊盯著他看。

「怎麼辦？」卡拉斯在心中反覆地自問。他不認為帶著艾里亞絲快跑就能順利逃脫，況且，他覺得狼會在兩人採取行動的瞬間展開攻擊。

怎麼辦？

這時艾里亞絲總算完全清醒過來，驚訝地望著卡拉斯。

這瞬間，卡拉斯感覺身體像是淋上冷水似的變得冰冷，不禁舉高手想要摀住嘴巴。

「怎麼了嗎？」

艾里亞絲一邊這麼說，一邊挺起身子的同時，一聲帶著難以言喻之美的長嚎，從遠處清楚地傳了過來。

「咦、咦？」

艾里亞絲東張西望地環顧四周，只知道表現出困惑的模樣。

一股想哭又想生氣的感覺，讓卡拉斯感到胃部一陣刺痛。即便如此，他還是忍著痛苦站直身子，看著前方的光景。

頂著月光的山丘上，出現好幾道不停晃動的黑色影子。黑色影子帶著長嚎聲的餘韻，就在牠們融入黑暗的前一刻——

卡拉斯覺得自己與金色眼睛對上了視線。

「快……快點！快點！快準備！」

卡拉斯用著不停顫抖的手抓起麻袋，然後牽起不知道發生什麼事、一臉困惑表情的艾里亞絲的手。

即便做好了準備動作，卡拉斯卻因為嚇得腿軟而站不起來。

狼不再隱藏的腳步聲，宛如吹過森林的風似地傳入耳中。

雖然卡拉斯已經害怕得連牙齒都在打顫，但還有架起拐杖的勇氣。

卡拉斯把艾里亞絲拉倒在他後方，然後在依舊腿軟的狀態下，如手握長槍似的架起拐杖。

衝下山坡，跳進黑暗深淵之中的狼，從中衝了出來。

卡拉斯被金色眼睛一盯上，就像被釘住似地動彈不得。但很奇妙地，他清楚知道自己也像狼一樣，嘴角彷彿在笑似的慢慢往兩邊拉開。

恐懼使得卡拉斯不自覺地咧嘴露出牙齒。

不過，狼當然沒有因此表現出絲毫畏懼，而是直直朝向卡拉斯飛撲而來。

「……咦？」

跑在前頭的狼，突然朝他身側跳去。

那動作之突然，讓卡拉斯一時以為狼是被身旁飛來的箭矢射中。

狼群越過卡拉斯兩人身邊，隨即轉身回頭。兩人與狼群的距離，近得連狼身上一根根倒豎縮起的毛髮，都彷彿清晰可見。

不過，狼群的視線沒有停留在眼前的獵物——也就是卡拉斯與艾里亞絲身上，而是保持壓低身子的姿勢望著遠方。牠們露出尖牙發出低吼聲，並且在地面踮起前腳。

雖然狼群擺出隨時能夠撲向前的姿勢，但那動作不像要捕捉獵物，反而像面對敵人時會有的姿勢。

難道是我的勇氣嚇到了狼群？

狼群注視著某處，才不理會卡拉斯的想法，突然間，牠們同時向四周跳了開來。

過了一段時間，卡拉斯才察覺到狼群是一齊逃跑了。

狼群逃跑的動作比來時更快，也比來時更突然。

因為危機實在退去得超乎意料地快，卡拉斯甚至感受不到已經獲救的事實。

卡拉斯茫然地目送狼群遠去後，有好一會兒什麼也思考不了。

直到背部被戳了一下，卡拉斯才轉身面向艾里亞絲。

「到、到底是怎麼了呢？」

艾里亞絲微微顫抖地說道。

「那些是狼……剛剛真的很危險。」

看見艾里亞絲在顫抖，卡拉斯當然沒有一絲要嘲笑她的意思。不過，為了不讓艾里亞絲看出自己在顫抖，所以卡拉斯一邊死命握緊拐杖，一邊說道。

艾里亞絲聽了後，微微傾頭說：

「狼、是？」

說罷，她可愛地打了個噴嚏。原來艾里亞絲不知狼為何物。這麼一來，就表示她純粹是覺得冷，身體才會微微顫抖。

卡拉斯看向自己如手握長槍般架起的拐杖，微微嘟著嘴，然後一副失望的模樣鬆開拐杖說：

「狼，沒錯。剛剛那些狼不是想要攻擊我們的樣子嗎？狼是擁有尖牙的野獸。牠們不但會攻擊人類，也會攻擊家畜。」

「真的啊？牠們是……男人嗎？」

卡拉斯不禁懷疑起艾里亞絲是在調侃他。

不過，他想起一名年紀足以當他父親、負責照顧馬匹的男子所說過的話。於是他重覆男子的話說：

「沒錯，男人是狼。」

聽到這句話後，艾里亞絲臉上總算浮現出懼意，並且驚訝地環視起四周。

「不用怕，牠們已經不知道跑到——」

卡拉斯沒能把話說完。

因為艾里亞絲的柔軟胸前瞬間貼在他臉上，使得他連呼吸都變得有些困難。

「唔……咯……」

「放、放心吧。因為我……啊，不、不對，因為神明……神明會隨時守護著我們，所以沒什麼好擔心的。」

艾里亞絲一邊說道，一邊緊緊地抱住卡拉斯。嚴格說起來，真正覺得害怕的，應該是艾里亞絲才對。

卡拉斯不禁想像，如果這時告訴艾里亞絲男人的真實模樣，她會做出什麼反應。

其實卡拉斯也認為扯謊騙人是不好的行為。

只是，當他稍微挪開臉讓自己喘口氣時，艾里亞絲的香味也隨即撲鼻而來。

對於才撿回性命不久的卡拉斯來說，那香味足以讓他忘卻殘留心中的恐懼。

所以，卡拉斯決定還是繼續隱瞞艾里亞絲一段時間。

「不過，那些傢伙到底是被什麼東西嚇到了啊？」

卡拉斯覺得用「被嚇到」來形容狼群的反應再貼切不過了。

究竟是什麼樣的存在，才能夠使得狼群受到驚嚇呢？

卡拉斯試著看向方才狼群注視的方向，卻只看見一如往常的草原，以及散落四處的黑暗深淵，也感覺不到那裡有什麼妖魔鬼怪存在的不祥氣氛。

躺在艾里亞絲懷裡，當然沒辦法幫助卡拉斯解開這個疑問，不過心中的緊張感倒是逐漸退去。冒了一身冷汗之後，感受到艾里亞絲的溫暖體溫，令卡拉斯再次有了睡意，他不禁打了個大哈欠。

卡拉斯動了一下身子，艾里亞絲隨即稍微鬆開手臂，所以就算覺得意猶未盡，卡拉斯還是爬出艾里亞絲的懷抱說：

「應該已經沒事了。還要一點時間才會天亮，我們睡吧。」

對於卡拉斯的發言，艾里亞絲最後點了點頭表示贊同。

這時，她臉上的不安早已消失不見了。

隔天早上，被早起的艾里亞絲叫醒後，卡拉斯再次展開一天的生活。

一想起昨夜的事，卡拉斯霎時全身發冷。但四周果然不見狼的蹤影，只有殘留草地上的腳

印，證明昨晚的經歷不是一場夢。

在這之後，兩人過著與過去幾天沒什麼不同的日子。

如果要說有什麼不同，那就是食物少了些，以及要開始擔心水會喝完的問題。

還有，艾里亞絲的氣色變得不是很好，還說她腳痛。

針對艾里亞絲的問題，只要沿途適時讓她休息一下就能解決，但水的問題就讓卡拉斯頭痛了。卡拉斯聽過來到領主公館的旅人說：「人類就算能夠忍受一星期不吃飯，只要三天沒喝水也會死掉。」

「妳應該不知道哪裡有河川吧？」

卡拉斯試著這麼詢問艾里亞絲，但如他所料，艾里亞絲果然不知道。

四周只見綿延不絕、彷彿永無止盡的荒野，以及鋪在荒野上的平坦小道。

每爬上高了一些的山丘頂端，卡拉斯總會抱著「差不多快看見海洋或城鎮了吧」的想法定睛細看。從公館出發到現在已經是第五天，卡拉斯覺得兩人應該走了相當長的一段距離。因為他曾聽說，只需兩個月的時光，就能環遊世界一周。

艾里亞絲似乎自出生以來，就一直在狹窄的建築物裡生活。在知悉此事時，卡拉斯原本內心有些瞧不起她，但他自身也沒料到世界是如此地廣大。

這點讓卡拉斯覺得很生氣，忍不住加快了腳步。

過了中午、來到了傍晚時刻，這之間卡拉斯沿途休息過幾次，也罵過艾里亞絲走得太慢，現在總算來到自出發至今，兩人走得最遠的第十二座山丘頂端。

這時映入眼簾的果然還是草地、樹叢、以及一座又一座的山丘。

卡拉斯回頭一看，看見艾里亞絲不再對花朵、昆蟲感興趣，但相對地走得很辛苦。艾里亞絲在接近山丘頂端的坡面上站著不動，沒有要踏出步伐的意思。

至於卡拉斯，他不但覺得自己還能夠繼續走上很長一段路，心中還不斷湧上這樣的想法：兩人至今還沒能抵達城鎮，都是因為走路速度太慢的緣故。

艾里亞絲一定也還能夠繼續走上好一陣子。這麼想著的卡拉斯嘆了口氣，正準備搭腔時，看見艾里亞絲像是終於忍不住似地蹲了下來。

水只剩下一點點了，怎麼還沒看見下一座城鎮？道路盡頭真的有海洋嗎？還有，世界也太大了吧。

這些思緒一一在卡拉斯腦中浮現，焦躁的情緒隨之湧上心頭。昨天他還覺得這般悠哉的旅行十分愜意，到了今天卻只覺得太過懶散。

卡拉斯不禁起了想咋舌的念頭，最後也真的咋了一下舌。

艾里亞絲還是沒有站起來。

「真是的……」

卡拉斯煩躁得連向艾里亞絲搭腔都懶，一瞬間還打算丟下她先走。

反正是一條路通到底，她應該不會迷路才對。

這麼想著的卡拉斯覺得這點子還不錯。就在他這樣想東想西時，傳來了奇怪的聲音。

「？」

卡拉斯朝向艾里亞絲看去後，發現她用單手扶著地面。

然後——

「啊，艾里亞絲！」

卡拉斯才看見艾里亞絲弓起背，跟著就看見嘔吐物「啪」的一聲散落在地。

面對突如其來的狀況，卡拉斯整個人僵住不動，結果艾里亞絲就這麼頭也沒抬地橫倒在地。

卡拉斯丟開行李，急忙跑近艾里亞絲。

「艾里亞絲！艾里亞絲！」

他這時的心情與其說擔心，不如說絕大部分是感到驚訝。

卡拉斯跑近艾里亞絲抱起她，然後取下兜帽呼喚她的名字。

筋疲力盡的艾里亞絲動也不動，稍微張開的嘴巴還吐出了舌頭。看見艾里亞絲這般模樣，卡拉斯不禁聯想起奄奄一息的羊兒。

「艾里亞絲！」

驚訝之後，接著湧上卡拉斯心頭的不是擔心，而是害怕。

艾里亞絲就快死了。

快哭出來的卡拉斯，搖晃著艾里亞絲纖細的肩膀、拍打她的臉頰。即便如此，艾里亞絲還是什麼反應都沒有。

這回換成是卡拉斯害怕得有種想嘔吐的感覺。

過了一秒，艾里亞絲又吐了。

幸好，她還活著。

這麼想著的卡拉斯才安心不到兩秒鐘，便看見已經吐不出東西的艾里亞絲把身體縮成一團，痛苦地呻吟起來。

卡拉斯擦去眼角的淚水後，這才大夢初醒似地拿起腰上的手帕，擦拭起艾里亞絲的嘴角。

但是，他不知道應該怎麼做才好。

雖然腦海裡浮現了「藥草」這個單字，但卡拉斯實在不覺得長在四周的野草能夠帶來多大的效用。

聽到艾里亞絲痛苦的呼吸聲越來越微弱，卡拉斯不禁覺得她的生命之火也隨之消逝，眼淚因害怕而不停湧出。

艾里亞絲不是疲累，而是身體不舒服嗎？

早知道是這樣，就會讓她多休息，也會走慢一點的。

卡拉斯腦中只有這般像在找藉口，也像在後悔的思緒胡亂交錯，口中喊著的「艾里亞絲」，也變成不成話語的聲音。

即便如此，卡拉斯還是一邊拚命呼喚艾里亞絲的名字，一邊搖晃她毫無抵抗的肩膀。

「咿……怎……怎麼辦……」

卡拉斯說不出「誰來救救她」。

這種地方根本不可能有人前來搭救。

如果真的有人出現，也只有艾里亞絲每天祈禱的可疑神明而已。

可是，如果真能獲救，就算是來騙人的神明也無妨。卡拉斯打從心底如此強烈地期望。

「神啊……」

所以，當卡拉斯聽到時，真的以為那是神明的聲音。

「怎麼著？」

卡拉斯驚訝地抬起頭，膝蓋也不禁稍微浮起。

但是，因淚水而變得模糊的視線讓他看不見前方。

卡拉斯拚命擦掉眼淚，然後再次看去。

前方根本沒有人。

「怎麼可能……」

卡拉斯眼裡再度慢慢湧出淚水。

「少年，怎麼著？」

聲音來自後方。

卡拉斯回頭一看，發現確實有某人站在逆光處。

「生病了啊？」

那聲音雖然清澈，卻帶著老成的口吻。因為對方站在逆光處，加上卡拉斯坐在地上，所以看不見對方的臉，也不知道對方有多高。

即便如此，光是知道除了自己之外，還有其他人存在，就讓卡拉斯眼裡的淚水不爭氣地不停溢出。

「我、我不、我不知道。可是……她、她突然昏過去……」

「嗯。」

逆光的身影喃喃說著，用輕快的腳步繞到卡拉斯前方。

這時卡拉斯總算知道對方是個什麼樣的人物。

對方是名女子。

「唔，這、這狀況……」

女子探頭看了看艾里亞絲的側臉後，一副事態嚴重的模樣說道。

卡拉斯無意識地挺直了背脊。

女子的話語繼續傳來：

「純粹是疲累唄。」

卡拉斯聽了，不禁有種掃興的感覺。

「……啊？」

「瞧！她的腳都變得硬邦邦的。」

女子伸手觸摸躺在地上的艾里亞絲小腿說道。

「可、可、可是……」

「她跟汝說了好幾次想休息唄？」

卡拉斯說不出話來。

「更何況她根本沒有好好進食，不會累倒才怪。」

被女子這麼一說，卡拉斯不禁覺得有道理極了。

這麼想著的同時，他立刻察覺到事有蹊蹺。

「妳、妳怎麼知道這些事情？」

「唔，說溜嘴了。」

女子做作地用手搗住嘴巴，然後別過頭去。

她肯定是躲在某處偷偷觀察兩人。

可是，卡拉斯每爬上山丘頂端，都會環視四周一遍。

四周根本沒有能夠躲藏的地方。

女子到底是躲在哪裡偷看的呢？

「咱原本沒打算搭腔的。可是，咱看她實在太可憐了。」

女子輕輕拍打艾里亞絲腰部，然後用責備的眼神看向卡拉斯。

卡拉斯突然覺得胸口一熱。

「我、我把艾里亞絲照顧得——」

「很好嗎？哼，汝應該知道自己的身體構造跟她的不同唄？」

女子的話語讓卡拉斯心頭一驚。

此時的卡拉斯並非只是找不到話語反駁，而是狼狽極了。

「呵，咱打從昨晚就一直看著汝等。汝應該非～常知道所謂身體構造不同是指什麼唄？」

女子不停變化表情，臉上浮現纏人的笑容說道。

卡拉斯感覺得到自己的臉變得越來越熱。

原來他的舉動都被瞧得一清二楚。

「所謂雄性嚐盡甜頭指的就是那回事唄。不過吶……」

女子站起身子，單手叉腰，揚起嘴角露齒笑道：

「汝英勇地面對了狼群，就只有那勇氣值得誇獎。」

「咦？啊……啊！」

「嗯，真是個反應遲鈍的小子。」

女子轉而露出壞心眼的笑容，俯視著卡拉斯，這時卡拉斯發現了女子嘴裡的尖牙。

不，不只有尖牙。

在這一刻之前，卡拉斯完全沒有察覺到女子的異樣。

因為實在太過不尋常，所以卡拉斯根本沒注意到。

眼前的女子披著斗篷、繫著腰帶、像貴族一樣穿著腰際掛有皮草垂飾的褲子，並且擁有一頭亞麻色長髮，頭上長著十分奇妙的東西。

「汝現在才察覺到咱頭上這東西，就表示也沒察覺到這個唄？」

說著，女子發出「啪唰」一聲揮動斗篷。

「啊……啊……」

「這毛髮很濃密又有光澤唄？」

毛團發出「唰」的一聲甩動了一下。

隨著美得難以言喻的狼尾巴一甩，女子頭上的一對動物耳朵也動了。

這瞬間，卡拉斯腦中閃過狼群昨晚的反應。

「該、該不會……」

「該不會？」

女子以試探的目光刺向卡拉斯。

「昨晚……救了我們的人是……」

一陣微風吹過，斗篷下襬和尾巴前端隨之擺動。

讓夕陽照著側臉的女子表情彷彿在說：「真是被你打敗了。」

「昨、昨晚果然是妳幫我們趕走狼群對吧？」

「咱只是恰巧在附近睡覺而已。對方察覺到咱的存在後，自己夾著尾巴逃跑了。事情就這麼簡單。」

女子一副很無趣的模樣說道，卡拉斯則是嘴巴一張一合地動了動，才將口水嚥下。

卡拉斯聽過幾則故事，裡頭描述時而下凡為人類帶來幸運，有時也會惡作劇，外表長得像人類卻不是人類的傳說。

卡拉斯戰戰兢兢地喃喃說：

「該、該不會是精靈吧……」

「不是！」

看見女子猛然露出怒意，卡拉斯不禁嚇得後仰。

不過，他眼前這個半人半獸的不可思議存在，隨即露出了尷尬的表情說道：

「唔……咱確實曾被汝等人類這樣稱呼過。可是，咱不喜歡這樣的稱呼。」

她一副因為大聲吆喝而感到不好意思似地，將嘴巴嘟了起來，那表情讓卡拉斯覺得女子只跟他相差沒幾歲。

而且，卡拉斯還發現女子是個不折不扣的美女。

「那、那麼……您尊姓大名？」

聽到卡拉斯模仿大人們的用字遣詞僵硬地詢問，女子揚起一邊眉毛，再次露出了不悅的表情說道：

「咱也不喜歡聽人家這樣說話。再說，汝的舌頭要是因為這樣而打結，還要想辦法解開吶。」

看見女子投來瞧不起人的笑容，卡拉斯不禁臉頰發燙，但一想起對方是個精靈，他就不禁低下頭，表示自己的崇敬之意。

這時，傳來一聲嘆息。那位精靈把臉貼近大地，開口說道：

「把頭抬起來唄，咱不是為了受人崇拜才現身。咱只是覺得汝等兩人的旅行讓人放心不下，所以想幫一點忙而已。」

卡拉斯害怕得不敢將頭抬起。

即便如此，他還是戰戰兢兢地只移動視線看向女子。

「呵，汝的年紀還適合露出這種表情啊。」

卡拉斯抬高視線，看見了女子的笑臉，讓他明白原來世上有很多種類的笑臉。看見女子笑臉的瞬間，卡拉斯不禁又壓低了視線。他的臉頰比方才發燙得更厲害，但這次的理由完全不同。

所以，精靈這次也沒有生氣。

「咱的名字是赫蘿。」

精靈輕輕蹲下身子後，簡短地說道。

隔了好一會兒後，卡拉斯才發覺精靈是在向他自我介紹。

「我、我的名字是卡拉斯……請指教。」

「請指教是多餘的。」

「是、是的。」

自稱赫蘿的精靈露出苦笑後，站起身子說：

「她的名字是艾里亞絲唄？」

「是艾里亞絲沒錯……」

「汝想問我怎麼知道的？」

卡拉斯輕輕點點頭。

「汝方才不是用可愛的聲音不停呼喚她嗎?艾里亞絲、艾里亞絲~」

看見赫蘿抱住自己的肩膀這麼說,好不容易恢復鎮靜的卡拉斯,再次感受到血液衝上頭部的滋味。

「不過吶,汝不應該一直搖晃身體虛弱的人。」

卡拉斯心頭一驚地看向手邊的艾里亞絲。

「她暈過去後,狀況多少穩定了些唄。快幫她潤一下口,然後為她取暖。」

卡拉斯一副像是麵包哽在喉嚨似的模樣,點了點頭。他開始挪動艾里亞絲,讓她從不自然的橫臥姿勢,改為以輕鬆的姿勢躺下後,隨即站了起來。

雖然距離被丟開的行李不過短短一段路,但要丟下艾里亞絲這點,讓卡拉斯非常放不下心,不禁猶豫起該不該跑去拿行李。

這時,赫蘿一副彷彿在說「我會幫你看著」似的模樣頂出了下巴。

卡拉斯總算跑了過去,但還是不放心地回頭一瞥,結果看見赫蘿蹲在艾里亞絲身邊,似乎在輕聲說些什麼。

那模樣看起來像在說悄悄話似的,讓卡拉斯覺得很在意。

「真是的,要是現在是冬季,早就死在路邊了。」

卡拉斯忙著看護艾里亞絲時，檢查著行李的赫蘿露出了難以置信的表情。

「竟然連棉被都沒有。萬一碰上雨天，汝怎麼打算？」

「咦？呃……」

卡拉斯一邊思考，一邊用沾濕的手帕擦拭艾里亞絲嘴唇四周。

雖說要為艾里亞絲取暖，但現在既沒有升火的木柴，也如赫蘿所指出般沒有棉被，卡拉斯沒辦法只好為艾里亞絲披上外套。

「呃……就找個地方躲雨……」

赫蘿聽了，一邊嘆息，一邊再度露出難以置信的眼神看向卡拉斯。

卡拉斯不由自主地低下了頭。

因為他知道一眼望去，根本找不到能夠躲雨的地方。

「因為看見汝等兩人結伴在附近既沒有河川，也沒有泉水的地方晃來晃去，所以咱有些好奇地跟在後頭觀察，沒想到汝等兩人竟然有勇無謀到這種地步。」

被赫蘿批評得這麼慘，卡拉斯忍不住感到生氣，但因為害怕，所以什麼也不敢說。

「說到什麼最奇怪，那就是汝等兩人這樣的組合本來就太奇妙了唄。兩個小孩子怎麼會一起旅行吶？」

聽到赫蘿說自己是小孩子，卡拉斯不禁反盯著赫蘿看。

雖然赫蘿的外表像是年長卡拉斯幾歲，但還不到足以稱為大人的年紀。

「大笨驢，咱至少比汝大上兩百歲。」

「對、對不起。」

聽到赫蘿這麼說，卡拉斯不禁覺得真是這麼回事，讓他感到不可思議極了。

畢竟對方是精靈，所以任何事情都有可能發生。

這麼說服自己後，卡拉斯覺得沒必要隱瞞，於是老實回答了赫蘿的問題。

赫蘿橫躺在地上，擅自從袋子裡拿出燕麥麵包咯吱咯吱地吃了起來，她時而甩甩尾巴，表示回應了卡拉斯的話語。

卡拉斯說完話的同時，赫蘿也差不多吃完了麵包。她一邊用手指剔著夾在齒縫間的麵包，一邊挺起身子，發出了「嗯～」的呻吟聲。

「把汝趕了出來的宅邸，是不是一個叫安索歐的貴族住處？」

「是、是的……您認識他嗎？」

「咱在之前停留的城鎮耳聞了些傳言，說某個鄉下地方有一位怪人貴族。不過，原來那貴族死了啊。」

卡拉斯不知道領主大人算不算怪人，但聽到赫蘿以「鄉下地方」來形容那個地方，讓他有些不高興。

宅邸明明蓋得氣派，傭人也有二十人之譜；還蓋了艾里亞絲所居住的那種高級石造建築。還有，宅邸附近也有葡萄棚架及村落。

卡拉斯想著這些事情時，察覺到赫蘿投來不懷好意、像是在嘲笑他的眼神。

「真是剛踏入社會不久的菜鳥吶。」

「……」

不明白自己為何被嘲笑的卡拉斯，懊惱地將臉別過。

這樣的舉動似乎又勾起了赫蘿的笑意，從她口中溜出了竊笑聲。

「別生氣吶，少年。說起來，咱自己也曾被世界之大嚇著。」

卡拉斯驚訝地看著赫蘿。

「沒什麼，咱之所以知道汝這樣的想法，是因為咱踏上旅途後，也曾這麼想過。」

雖然卡拉斯覺得自己任憑赫蘿心情一下子被嘲笑，一下子又被安撫，但也覺得赫蘿的樣子不像在說謊。

「……真的是這樣嗎？」

「嗯，世界實在太大了。而且……」

赫蘿說到一半停了下來。卡拉斯隨著她的視線看去，發現躺在身旁的艾里亞絲，不知何時已微微睜開眼睛。

「艾里亞絲。」

卡拉斯呼喚著艾里亞絲，都忘了眼前赫蘿的存在。這時艾里亞絲抓到目光焦點的速度，比平常起床時快了好幾倍。

「啊……咦？怎麼會……咦？」

艾里亞絲一副對目前狀況一無所知的模樣，一看見她打算挺起身子，卡拉斯就慌張地按住她的身體說：

「妳剛剛昏倒了，還記得嗎？」

聽到卡拉斯這麼說，艾里亞絲總算記了起來。

她的氣色好轉許多，臉龐微微泛紅。

「我身為神的僕人卻如此失態，實在太丟臉了。不過，我已經沒事了。」

雖然只一起旅行了五天，但卡拉斯自覺已漸漸能掌握艾里亞絲的個性。

要求艾里亞絲躺著休息時，卡拉斯從其口吻就能夠聽出她有沒有可能乖乖躺著休息。

這次卡拉斯沒有阻止艾里亞絲挺起身子，所以她理所當然地發現了赫蘿的存在。

「哎呀……」

艾里亞絲嘀咕著，就這麼把話打住了。

頭上長著動物耳朵、腰部長著濃密的狼尾巴，這樣如假包換的精靈，就突然出現在她的面

前，也難怪艾里亞絲會如此驚訝。

可是，艾里亞絲竟然毫不客氣地盯著赫蘿那非人類所有的附屬品不放。

卡拉斯忐忑不安地擔心起來，他害怕赫蘿會因為艾里亞絲的無禮舉動而發怒。他還想起艾里亞絲因為昨晚的事情把狼當成男人，不禁心生恐懼。

艾里亞絲很可能說出什麼驚人之語。

這麼做出判斷的卡拉斯，正打算向艾里亞絲耳語時，僵著身子的艾里亞絲突然一副恍然大悟的模樣，用力點頭說：

「啊……您是從海的另一邊來的吧。」

從某種角度來說，艾里亞絲的確說出了驚人之語，卡拉斯聽了急忙想糾正，卻被赫蘿本人打斷了。

「嗯，咱是從北國旅行到這裡的赫蘿。」

赫蘿不但沒有生氣，反而一副開心的模樣笑道。她的尾巴看似愉快地甩動著，說出了她的好心情。

艾里亞絲取下卡拉斯幫她披上的外套，然後動作優雅地行了個禮說：「我是艾里亞絲．貝朗榭。」

面對聽說連國王都會低下頭的精靈，艾里亞絲可說表現得相當穩重，但卡拉斯不禁覺得無知真是件可怕的事情。

不過，卡拉斯曾聽說精靈是住在只有精靈居住的國家，所以艾里亞絲說的話也並非全盤皆錯吧。

「那麼，您有什麼貴事嗎？」

如果是在宅邸裡說這句話，應該相當體面，但看見事態演變成這樣，卡拉斯已無法再保持沉默，於是插嘴說：

「不、不是啦，赫蘿……小姐剛剛救了妳。」

說到赫蘿的名字時，卡拉斯之所以頓了一下，是因為遲疑著該不該稱呼她為「赫蘿大人」。卡拉斯之所以在瞬間改以「小姐」稱呼，當然是因為赫蘿的琥珀色眼珠閃過一道銳利光芒。不知為何，赫蘿似乎不喜歡人家稱她為「大人」。

艾里亞絲再次吃了一驚後，有些慌張地重新調整坐姿。

卡拉斯為艾里亞絲能否好好向人致謝感到懷疑，但他的疑心瞬間消失了。

挺直背脊的艾里亞絲看起來成熟得驚人。

「我真是太失禮了，請允許我好好向您致謝。」

說著，艾里亞絲比在用餐前後禱告時更有禮貌地交叉雙手，然後低下了頭。

儘管被她的應對態度嚇呆了，卡拉斯還是沒忘記看向赫蘿。見到赫蘿一副滿足喜悅的模樣，

看起來沒有惹她生氣，讓卡拉斯鬆了口氣。

不過，想到艾里亞絲表現得如此穩重，卡拉斯依然感到驚訝不已。

「還有，如果是這樣，能否讓我送些什麼以答謝您的救命之恩？」

「答謝啊？」

「是的。只是很不巧地，礙於旅行之故，我能送的東西可能有限。」

現在的艾里亞絲與傾著頭說：「花朵底下沒有花瓶怎麼不會枯萎呢？」的她簡直判若兩人。

想起自己總是一臉得意地告訴艾里亞絲一些有的沒的，卡拉斯不禁突然難為情了起來。

「嗯，咱不要謝禮。不過，有件事情倒可以取代謝禮……」

說著，赫蘿瞥了卡拉斯一眼。

在那同時，艾里亞絲也轉頭看向卡拉斯。不知怎地，那瞬間卡拉斯覺得自己好像被蛇盯住了的青蛙。

儘管三人各自有著不同的身體構造，卡拉斯卻覺得只有自己變成了局外人。

赫蘿一臉開心地說下去：

「可以讓咱跟汝等一起旅行一陣子嗎？」

「咦!?」

卡拉斯不由地叫了出來，兩人的視線也再次投向他。

此刻的氣氛根本不允許卡拉斯提出反對意見。

而且，艾里亞絲已經重新面向赫蘿，笑容可掬地說：

「如果這樣就能夠答謝您，我非常樂意。」

「太好了。」

兩人像認識許久的好朋友似地，相互頷首、微笑，不顧卡拉斯的心情擅自做出了結論。

在很多方面，都讓卡拉斯感到無趣。

可是，他也搞不太清楚自己為什麼感到無趣。

「那麼，咱的行李在那邊，幫咱搬一下唄。」

「啊，好的。」

看見艾里亞絲準備站起身子，卡拉斯阻止她說：

「妳在這裡休息。」

「可是……」

「在這裡休息！」

聽到卡拉斯語氣有些強硬地反覆說道，艾里亞絲一臉驚訝，膽怯地點了點頭。

赫蘿一副享受著卡拉斯與艾里亞絲的互動似地，愉快地說了句：「往這邊。」然後邁步走了出去。

「呵呵，其實沒必要那麼兇唄。」

卡拉斯走了出去後，走在前頭的赫蘿立刻這麼說。

「唔……這……」

「汝只要說出力是雄性的工作就夠了唄?」

然後，赫蘿轉頭看向卡拉斯說道。看見赫蘿琥珀色眼珠的瞬間，卡拉斯感到自己的臉變得越來越熱。

赫蘿什麼都知道。

「咯咯咯……真是麻煩吶。」

斗篷底下的尾巴看似開心地甩動著。

「不過，沒什麼好在意的。只要是雄性，十個人裡頭會有八、九個人做出跟汝一樣的舉動唄。」

儘管赫蘿一邊拍打卡拉斯的背部以示鼓勵，一邊這麼說，卡拉斯卻是一點兒也不開心。

因為赫蘿的笑臉看起來就快大笑出來的樣子。

「怎麼著?咱是站在汝這邊的吶。」

卡拉斯只在心中暗自說「少來了」。

他當然知道赫蘿是在捉弄他。

「呵，咱在捉弄汝也是個事實。不過吶——」

赫蘿動作輕快地向前踏出一步，抬頭仰望著卡拉斯。

露出像是狼看見獵物時的眼神。

卡拉斯彷彿著了魔似地，無法將視線從赫蘿的琥珀色眼珠挪開。

「今晚咱們三個人一起睡唄？當然了，汝睡在正中央。」

聽到赫蘿的話語，卡拉斯腦中立刻浮現那樣的畫面，後果就是他腳步不穩地跌倒在地。

當赫蘿向艾里亞絲要求一同旅行時，卡拉斯之所以覺得自己像被蛇盯住的青蛙，原來就是在害怕這種事情發生。

赫蘿蹲了下來，看著倒在草地上的卡拉斯說：

「怎麼著？不想等到晚上啊？」

赫蘿露出了壞心眼的笑臉。

然而，在感到憤怒之前，卡拉斯先暗自比較起赫蘿與艾里亞絲的笑臉。察覺到自己這樣的反應後，就像是受不了自己似地，當場趴了下去。

他覺得自己沒出息到了極點。

發覺被人輕輕頂了頭的卡拉斯一抬頭，看見赫蘿滿臉溫柔地說：

「咱會讓汝變成能夠獨當一面的雄性。」

卡拉斯再次趴倒在地。

讓人精神疲勞的三人之旅就這麼展開了。

卡拉斯好久沒有因為打噴嚏而醒來了。

這幾天明明都睡得很暖和啊；卡拉斯在棉被底下這麼想了想後，記起情況已改變的事實。

他昨天在沒有任何東西遮蔽視線的山丘頂端上睡覺，而且好久沒有這樣獨自睡覺了。

說到昨天之前的日子，卡拉斯都是與旅伴互相依偎取暖地睡覺。

他的旅伴是名為艾里亞絲、有些與眾不同的女孩。

光是想起與艾里亞絲互相依偎睡覺，就足以讓卡拉斯忘卻寒冷，只是昨晚有個原因使得他無法繼續這麼做。

卡拉斯與艾里亞絲某天突然被趕出各自居住的宅邸，兩人沿著通往海洋的路悠哉旅行時，忽然來了一個不可思議的客人。這個客人自稱赫蘿，據說年紀比卡拉斯兩人大上兩百歲；但不管怎麼看，都覺得她要不是與艾里亞絲年紀相仿，就是只比艾里亞絲年長個幾歲而已。然而，看見赫蘿頭上長著動物耳朵、腰部有條狼尾巴，嘴唇底下還藏著尖銳利牙，卡拉斯也就無法懷疑她所說的話。

而卡拉斯寧願忍受寒冷，也要獨自睡覺的原因，便在於赫蘿。

赫蘿昨晚提出了「三個人一起睡覺」的提議。

卡拉斯之所以能夠與艾里亞絲一起睡覺，是因為艾里亞絲太不了解世事，沒有把他當成男生看的緣故。

但是，赫蘿就不一樣了。

赫蘿是為了捉弄卡拉斯，才會那麼說。

就算是偉大精靈的提議，卡拉斯也絕不可能接受。

後來，卡拉斯向赫蘿借了棉被獨自睡覺，赫蘿則與艾里亞絲各自以長袍和斗篷取代棉被睡在一起。雖然這麼做了決定，但想像起赫蘿與艾里亞絲偎在一起睡覺的畫面，卡拉斯不禁覺得有些可惜。

赫蘿明明是個精靈，卻很喜歡捉弄他；至於艾里亞絲也沒好到哪裡去，她的性格總讓人摸不大透。不過，無可否認地，兩人都長得很漂亮。

當然了，事到如今不管事態如何發展，卡拉斯都不可能拜託兩人讓他睡在中間，好看她們睡覺的模樣吧？

卡拉斯一邊想著，一邊從棉被裡輕輕探出頭一看，發現赫蘿就近在眼前。

「要不要咱來猜猜，汝怎麼會露出這種表情啊？」

赫蘿盤腿而坐，好像是在梳理尾巴。

卡拉斯不敢把臉藏進棉被底下，只能無力地搖搖頭。

「汝是最後一名。」

卡拉斯慢吞吞地爬出被窩後，這才發現艾里亞絲確實早已起床，在不遠處一如往常地向神明祈禱。

卡拉斯抬頭看向據說有神明存在的天空，發現今天是陰天，感覺有些冷。

說到神明，同樣是神明的赫蘿丟開梳理了好一會兒的尾巴後，從自己的行李裡拿出乾燥的麵包，並且大方地遞給卡拉斯。

今天明明不是什麼慶祝收成的祭典日，但赫蘿拿出來的，竟是小麥製成的麵包。

「那是人家送咱的。盡量吃，不用客氣。」

就算赫蘿說要客氣，卡拉斯的手也會自動收下麵包吧。

不過，想起艾里亞絲一向堅持拒吃早餐，卡拉斯不禁感到遲疑。

「她吶，咱早就說服過了。喏！」

說著，赫蘿把麵包丟給剛做完祈禱回來的艾里亞絲。

艾里亞絲急忙伸出雙手，像在搶救嬰兒似的用胸口接住麵包。對於赫蘿的粗魯舉止，連距離優雅都還有十萬八千里的卡拉斯也吃了一驚。

「怎、怎麼可以丟食物——」

「麥子結成麥粒後最終會掉在地上，這是很自然的現象。既然這樣，麵包不過是把麥粒磨成粉再拿去烤，沒理由不能丟它唄。」

「咦……？」

雖然艾里亞絲沒有像卡拉斯這樣發出少根筋的聲音，但同樣露出像被捏住鼻子似的表情，並且微微傾著頭。過沒多久，她一副有些茫然的樣子點了點頭。

卡拉斯也有種受騙的感覺，但不知道怎麼回事，就是沒辦法反駁赫蘿。

據說無論多麼聰明的賢者，也贏不了歲數已高的精靈。

「咱就像這樣說服她吃早餐的。」

赫蘿一副得意模樣向卡拉斯這麼耳語時，卡拉斯不禁覺得她的表情有些帥氣。

「那，汝等的目的地是海洋嗎？」

或許平常就吃慣了小麥麵包，與小家子氣地小口咬著麵包的卡拉斯成對比，赫蘿一邊大口大口地吃麵包，一邊說道。

「算、算是吧。」

「漫無目的的兩人之旅啊。」

聽到赫蘿這麼挖苦，卡拉斯輕輕聳聳肩說：

「也不是這樣啦……」

「倘若不是流浪之旅，就應該好好定下目的。」

把最後一口麵包丟進嘴裡後，赫蘿這麼做了總結。

聽到「流浪之旅」四個字時，卡拉斯瞬間感到胸口一熱。

多愁善感的旅人披上破布斗篷、騎著馬兒巡遊各國——他曾聽過諸如此類的故事。

不過，卡拉斯擔心說出來後，赫蘿會像宅邸的那些大人們一樣嘲笑他，所以決定保持沉默。

「不過，汝不但比人家慢起床，連吃東西也慢啊。」

「咦？」

聽到赫蘿的話語後，卡拉斯看向自己手邊，發現手上的麵包還吃不到一半。

雖然卡拉斯立刻心想是赫蘿吃得太快，但當他把視線移向艾里亞絲後，不禁嚇了一跳。

「這種時候人類好像會說：『這是需要用到刀子和湯匙的用餐嗎？』是唄？」

挑水和照料家畜的工作做不完時，卡拉斯經常被人家這麼說。

對於使用刀子和湯匙用餐的貴族來說，吃得越慢越好。

當然了，卡拉斯根本沒有使用過湯匙用餐。

他急忙把小麥麵包塞進嘴裡。

小麥麵包的香味，頓時在卡拉斯嘴裡蔓延開來。那味道之濃郁，根本不是小口咬著麵包時所能相比的。只是，咀嚼幾下把麵包吞進肚子後，香味也隨之消失了。

這讓卡拉斯感到可惜，但既然已經吃進肚子裡，後悔也是沒用。

而且，用餐速度總是很慢的艾里亞絲居然早早吃完的事實，也逼著卡拉斯必須這麼做。

「那麼，快點收拾行李出發唄。雖然距離海洋還有好一段路，但距離下一座城鎮不遠了。」

聽到赫蘿的話語後，卡拉斯沒歇息地立刻收拾起行李。

收拾到一半時，卡拉斯忽然發現只有自己在收拾行李。但是，他既不好意思打斷正在做餐後禱告的艾里亞絲，也不敢要求赫蘿幫忙。

只是，讓卡拉斯最不能接受的一點是，為什麼連赫蘿的行李也要由他來背啊？

不同於卡拉斯兩人的寒酸行李，赫蘿的行李塞滿了齊全的旅行必備品。其中最重的東西，莫過於裝有葡萄酒的皮袋。

「既然自己背不動，那妳是怎麼一路旅行到這裡的？」

因為實在太不合理，所以卡拉斯這麼提出抗議。結果赫蘿露出尖牙把臉貼近他，浮現詭異的笑容說：

「汝真的想知道嗎？」

因為各種原因，使得卡拉斯不禁嚥下口水，而且每一個原因都讓他不敢點頭。

赫蘿一臉滿足地點了點頭後，一邊甩動尾巴，一邊輕快地邁出腳步。

雖然從赫蘿帶來的沉重壓力解脫，但這回換成必須背起沉重的行李。卡拉斯嘆了口氣，無奈地跨出腳步。反正這行李只有這麼點重量，就是再背上兩袋，也還走得動。

卡拉斯這麼想著時，忽然察覺到身旁有動靜。他抬頭一看，發現是艾里亞絲走了過來。

「要不要我幫忙拿呢？」

旅行到了第六天，這還是艾里亞絲頭一次這麼表示。可是，昨天她才因為疲勞過度而暈倒。

這麼想著的卡拉斯實在無法接受艾里亞絲的好意，於是拒絕了她。

「可是……」

看見艾里亞絲不肯死心，還露出了與其說像擔心，不如說因為罪惡感而感到痛苦的表情，卡拉斯只好遞出兩人一直帶著的食物袋。

卡拉斯心想，這袋子很輕，應該不成負擔才對。

「那這樣，妳拿這個。」

艾里亞絲立刻點點頭，收下了袋子。

雖然卡拉斯不知道艾里亞絲的心境發生了什麼變化，但這樣的貼心表現讓他很開心。

「那，走吧。」

艾里亞絲把袋子的繩子掛在肩上，乖乖地跟在邁開步伐的卡拉斯斜後方。

這也是兩人旅行至今，艾里亞絲第一次做出的舉動。但比起這件事，卡拉斯更擔心會被越走越遠的赫蘿拋下，於是拚命地跟在後頭。

雖然卡拉斯擔心艾里亞絲會再次暈倒，但或許是因為逐漸接近平地，必須爬上、爬下山丘的次數也變少，所以艾里亞絲順利在午休前爬過了三座小山丘。

就在接近正午，三人差不多要停下來休息時，一直默默走著路的艾里亞絲突然開口說：

「我忘了謝謝你在狼群面前保護我，謝謝你。」

聽見艾里亞絲用著有些生硬的語調和表情這麼說，卡拉斯不禁感到訝異。這才明白原來艾里亞絲跟在後頭，是一直在找機會向他道謝。

他心想，艾里亞絲或許是個很重視這種事的人吧。

「呃，嗯。沒什麼啦。」

所以，卡拉斯隨性地這麼答道。艾里亞絲聽了，像是終於安下心似地呼了口氣，並露出無力的微笑。

因為覺得艾里亞絲那模樣特別可愛，卡拉斯急忙打算告訴她「沒什麼好在意」時，忽然看見赫蘿在不遠處坐了下來，於是打消了念頭。

因為他看見赫蘿雖然看著別處，耳朵卻是朝向這裡。

「總、總之先吃午餐吧。」

卡拉斯總覺得，赫蘿的側臉在這瞬間似乎化為一副很無趣的表情。

說不定赫蘿是為了讓艾里亞絲有機會道謝，才要求卡拉斯幫忙背她的行李。
卡拉斯想著想著，不禁覺得赫蘿太多管閒事了。
他又不是為了得到艾里亞絲的感謝，才與她一起旅行。
不過，看見艾里亞絲能夠這樣好好向自己道謝，卡拉斯真的很開心。

吃完午餐後，赫蘿就這麼橫躺在地。
或許是咕嘟咕嘟地大口喝了葡萄酒，讓她覺得睏了吧。
赫蘿說了句：「咱晚點會追上去。」然後只拿了棉被，就讓卡拉斯兩人先行出發。
這趟三人之旅，無論如何都得配合艾里亞絲的走路速度前進。所以就算卡拉斯兩人先前進一些距離，赫蘿也能夠很快地追上兩人。卡拉斯這時之所以忍不住嘆息，是因為赫蘿不僅要求一同旅行時要求得突然，加入兩人後的行動也是十分隨性。
不過，赫蘿請兩人吃了小麥麵包。光是這點，就足以原諒她的任性。
基本上，在供應食物的人面前，人們總是抬不起頭。
於是，卡拉斯再次展開與艾里亞絲的兩人之旅。
然而，卡拉斯發現艾里亞絲上午之所以一直跟在他身旁走路，果然是為了找機會道謝。這會兒艾里亞絲又開始走走停停，而每每停下腳步，她就會投來充滿疑問的目光。

卡拉斯確實對走走停停的艾里亞絲感到不耐煩，但並不討厭看見她充滿疑問的目光。

對於艾里亞絲想知道的事情，卡拉斯當然會一副「真是拿妳沒輒」的模樣告訴她答案。

在這樣的狀況下，艾里亞絲忽然發出短短一聲近乎悲鳴的叫聲，卡拉斯吃驚地回過頭去。

「艾里亞絲？」

卡拉斯腦中瞬間閃過前天晚上發生的事情，不禁感到一陣寒意。不過，他立刻改變念頭，暗自心想：「萬一遇到了狼，赫蘿一定會想辦法解決的。」

佇立在不遠處的艾里亞絲望著卡拉斯，伸手指向某處。

卡拉斯原本以為她臉上浮現的表情是恐懼，但想想又覺得不對。

艾里亞絲不像感到害怕，而像是感到困惑。

「怎麼了？」

以為聽到尖叫聲的瞬間，卡拉斯想過要丟下行李跑去，但後來發現事態似乎沒那麼緊急，於是重新背起就快放下的行李，跑近艾里亞絲。

卡拉斯有過放下行李，結果才一離開，就被神出鬼沒的老鷹叼走行李的經驗。在宅邸工作時，照料放牧的羊隻和馬兒之際，午餐被叼走的苦澀回憶再次於卡拉斯的腦中浮現。

「那、那個……」

卡拉斯走近後，也看清楚了艾里亞絲臉上的細微表情。

艾里亞絲不是露出感到傷腦筋的表情，而是悲傷、感到擔心的表情。

卡拉斯把視線移向她所指的方向。

艾里亞絲指著的前方有一隻褐色野兔。兩人與野兔之間的距離不算長也不算短，倘若這時兩人試圖抓野兔，野兔能否順利逃跑還是個未知數。

「兔子？兔子怎麼了？」

兔子沒有馬兒般的震撼力，說起來也算是可愛的動物，所以就算艾里亞絲是第一次看見兔子，應該也不會太驚訝才是。

就在卡拉斯納悶著艾里亞絲的反應怎麼會如此大時，艾里亞絲嚥下口水說：

「耳、耳朵……」

卡拉斯立刻明白了艾里亞絲為何露出參雜著悲傷的擔心表情，不禁笑了出來。

艾里亞絲一定以為兔子的耳朵是被人拉成那樣的。

「兔子的耳朵本來就長成這樣啊。人家說兔子的耳朵很長，所以連遠方的細微聲音都聽得一清二楚。」

除了前天晚上透過地面聽見狼的腳步聲之外，在家畜寮舍睡覺時，卡拉斯也經常聽見住在附近巢穴的野兔腳步聲。

野兔會用腳拍打地面，讓同伴用長耳朵捕捉拍打地面的聲音，以通知同伴有狼或狐狸出現。

「不是因為有人……對牠做出什麼殘忍的事嗎？」

「不是啊。」

聽到卡拉斯的話語，艾里亞絲總算一副放下心的模樣嘆了口氣。

「不過，那個看起來還真可口。」

一邊不停動著嘴巴，一邊充滿戒心地監視著這方的野兔不但毛髮很有光澤，體型也相當大。要是把整隻野兔拿來烤一烤，然後大口咬下腿肉，一定會噴得滿嘴是油，搞不好還會燙傷呢。

卡拉斯因為想像著這樣的畫面，才不禁喃喃說出那句話。艾里亞絲聽了，露出難以置信的表情注視著卡拉斯。

「啊？啊，呃……啊，不是，那個……我是說那隻野兔在吃的草。我的意思是說，野兔吃草的樣子看起來很可口。」

儘管卡拉斯硬拗得勉強，原本露出宛如看見怪物般眼神的艾里亞絲還是相信了他，並改變表情說：

「啊，原來是這樣啊……對不起，我還以為……」

「沒事。我才應該道歉的，害妳嚇了一跳。」

其實真正嚇了一跳的是卡拉斯，但目前看來，他似乎勉強躲過被艾里亞絲討厭的命運。

不過，艾里亞絲會有這樣的反應，應該就表示她沒吃過兔子；當卡拉斯這麼想時，艾里亞絲忽然開口說：

「世上啊……」

「咦？」

「啊，對不起。我是說世上啊，真的有很多我們不知道的東西。」

艾里亞絲看向遠方說道。

雖然她的側臉顯得很平靜，但表情帶著靜靜的感動。

卡拉斯想起艾里亞絲說過自己出生後，就一直在石牆圍住的小小建築物裡生活。

這時，他的嘴巴自己動了起來：

「那這樣，我們就一起去看更多東西吧。」

「咦？」

「一起去遠方、去海洋、去看各式各樣的東西。」

赫蘿說過，旅行最好要定下目的。

卡拉斯覺得把旅行目的定為「走遍世界去看很多東西」是個很好的點子。

然而，艾里亞絲遲遲沒有做出任何反應。卡拉斯的話語彷彿讓人石化的咒語似的讓艾里亞絲動也不動，但不久後，她的表情忽然舒緩下來。

艾里亞絲那表情顯得特別成熟，卡拉斯看了不禁有些吃驚。

「你說的對。那這樣，我得走快一點才行。」

艾里亞絲一邊這麼說，一邊展露笑容時，已恢復她平常的笑臉。

卡拉斯像是被釘住似地，呆呆地連點了三次頭。他原本打算清清喉嚨，但最後只是重新背好行李說：

「妳不要勉強自己，免得又昏過去。」

聽到卡拉斯有些壞心眼地說道，艾里亞絲立刻壓低下巴，把臉藏進兜帽底下。

看見艾里亞絲如此孩子氣的舉動，卡拉斯不禁鬆了口氣。

「那我們走吧。」

卡拉斯一往前走去，艾里亞絲也跟著踏出步伐。

兩人這天到了接近日落時分時，才與赫蘿會合。

「……喀……！」

不成聲音的聲音，從卡拉斯的喉嚨不由自主地發了出來。

儘管他拚命想假裝沒事的樣子，還是沒辦法控制自己。

「咳……咯……」

「咯咯，還太早了啊。」

從卡拉斯手中沒收皮袋後，赫蘿壞心眼地笑著說道。

據赫蘿所說，皮袋裡裝的是濾過的葡萄酒。

聽到是葡萄酒時，卡拉斯原本想像會是很甜很甜的果汁，但現在他的感想是，明明冰得要命，卻又熱又臭得發酸的葡萄汁。

「她的身高比較高，所以比較成熟的樣子吶。」

赫蘿喝了一口皮袋裡的酒，然後叼起肉乾。

儘管卡拉斯覺得酒量跟身高無關，卻無法反駁。

看見艾里亞絲若無其事的樣子喝下葡萄酒，卡拉斯就以為自己也沒問題，結果造成了方才的醜態。

「葡萄酒是神血。不會喝葡萄酒，就表示沒有把神明的教誨好好放在心上。」

艾里亞絲這麼責備他。

卡拉斯不否認艾里亞絲說的話，因為他根本沒聽過所謂神明的教誨。只是，艾里亞絲能喝，自己卻不能喝的事實讓卡拉斯覺得沒面子。

卡拉斯一副想再挑戰一次的模樣伸出手，卻被赫蘿打了一下。

「喝酒是種享樂。如果是為了面子或表現氣概，那要喝不一樣的酒。」

聽到精靈這麼說，卡拉斯也只能讓步了。

「不過，不懂得飲酒之樂還真是可憐吶。」

這句話赫蘿不是對著卡拉斯，而是對著艾里亞絲說。

艾里亞絲露出有些困惑的表情，瞄了卡拉斯一眼。

她這樣客氣的表現，讓卡拉斯覺得不甘心，於是別開了視線。

「但是，就像聽到一次神明的福音後，會一直胡亂呼喚神明的名字一樣，喝酒也會有很多慘痛的經驗。」

「這話聽來真是刺耳吶。」

赫蘿的狼耳朵像在驅趕小蟲似的動了一下。艾里亞絲露出微笑，然後一副感到難為情的模樣，重新交叉起倚在膝蓋上的雙手。

「我最嚴重的一次失敗，是在做葡萄酒的時候。用布料包起葡萄，然後掛著靜心等待……結果失去了耐心，不願等待葡萄酒一點一滴地滴落……」

「然後用手去擠，最後浪費了好好的葡萄酒，是唄？也不知道為什麼，這樣的葡萄酒會變得很難喝。」

艾里亞絲閉起眼睛，跟著用手心扶住右臉頰。

然後露出比方才更加愉快的笑臉說：

「那時我被罵說：『倘若葡萄酒是神血，而神血是神明割下身體一部位所賜予的恩惠，那麼妳就是寧願傷害神明身體，也要得到恩惠的愚蠢之人。』」

卡拉斯聽不大懂艾里亞絲在說什麼，赫蘿卻像是聽了最好笑的笑話似地，顯得非常地開心。

卡拉斯唯一能猜到的是，艾里亞絲那時應該被人用力甩了右臉頰一巴掌。因為艾里亞絲露出一副憶起當時疼痛似地，用扶住臉頰的手不停撫摸著右頰。

「那時我反省了很久，並且告訴自己不可以再做出這種事情。」

「要是這樣能夠抑制慾望就好了。」

艾里亞絲睜開一隻眼睛看向赫蘿，赫蘿隨之做出微微傾頭的動作後，如漣漪般的陣陣竊笑聲從兩人口中溜出。

「我聽話地遵守教誨，神明賜予多少恩惠，就收多少恩惠。」

「用手指去沾一滴一滴慢慢滴下來的葡萄酒，然後把手指頭拿來舔的滋味……」

看見赫蘿一副食指大動的模樣說道，艾里亞絲再次閉上眼睛笑了。

不過，想必此刻艾里亞絲扶住右臉頰的手不是在回憶疼痛，而是在回憶嘗到美酒時的感覺。

第一次看見艾里亞絲有這樣的舉止和表情，卡拉斯感到胸口深處一陣刺痛。

雖然他霎時吃了一驚，但想起自從喝下葡萄酒後，就一直覺得胸口刺痛，也就莫名奇妙地鬆了口氣。

「總之吶，不懂這般樂趣算是人生一大損失唄。」

隨著說話聲傳來，兩人同時看向卡拉斯。他覺得自己好像變成幼小無知的小孩子，再次孩子氣地別過臉去。

就在三人這樣的互動之中，太陽已下了山，四周也因為天陰而變得一片漆黑。

因為無法生火，所以天色變暗後，三人能做的只有睡覺。

當然了，三人睡覺的組合還是跟昨天一樣，不同的地方只有懶得再捉弄人的赫蘿沒再提出三人一起睡覺的提議。

雖然這讓卡拉斯鬆了口氣，但也有種有些可惜、也像有些落寞的感覺。只是，他不敢太深入思考這個問題，所以用棉被裹住身子早早閉上了眼睛。

因為覺得太陽穴有些痛，卡拉斯心想一定是喝了葡萄酒害的。

太陽穴的疼痛，加上想起沒走幾步路就沒力氣、見到東西就露出疑問目光的艾里亞絲喝了酒竟然沒事的事實，讓卡拉斯不禁嘆了口氣。

艾里亞絲走路時總是晃來晃去一副靠不住的樣子，她應該是被人拉著走的一方，沒道理表現得這麼堅強。

思考著這件事情時，卡拉斯覺得自己好像在不知不覺中睡著了。

為什麼卡拉斯不確定自己是不是睡著了呢？那是因為他忽然有種在階梯上踩空的感覺而驚醒了過來。

「……唔……」

卡拉斯無意識地用棉被擦了嘴角流出的口水後，才想起這棉被是赫蘿的所有物。

「會不會挨罵啊？」

心想「只擦到一點點，應該沒關係吧」的卡拉斯，用自己的衣袖擦去沒擦乾淨的口水後，保持躺著的姿勢把視線稍微移向天空。

卡拉斯覺得自己只打了一下瞌睡而已，卻發現天空上的雲層已在不知不覺中變薄，流瀉出些許月光。這時，卡拉斯的身體突然微微顫抖，但拉高棉被後，立刻發現導致身體顫抖的原因不是寒冷。

如果四周完全一片漆黑，或許卡拉斯會因為擔心跑去小便後，可能走不回被窩而忍住不去，但幸好現在還看得到一些光線，所以他沒猶豫地站起了身子。而且，要是忍住不去小便，萬一睡著時不小心尿床，那就慘不忍睹了。卡拉斯會這麼想不僅是顧慮到赫蘿與艾里亞絲就在附近，更怕引來一大群蟲子。

想起幾年前在夏天尿床而有過悲慘的遭遇，卡拉斯再次抖了一下身子。

他之所以跑到離被窩有好一段距離的地方小便，純粹是因為不喜歡在睡覺位置附近小便，還有不好意思在兩人看得見的地方小便。

來到覺得已經夠遠的地方後，卡拉斯總算順利解決了危機。

「呼……」

享受完無上的幸福時光後，卡拉斯心滿意足地嘆了口氣，跟著轉過身子。

然而，因為處在黑暗之中加上睡意侵襲，使得卡拉斯無法順利綁上褲帶。他一邊懶洋洋地走路，一邊把視線移向手邊不停摸索著。

就這樣搖搖擺擺地走回被窩時，卡拉斯在心中暗自嘀咕「幸好已經解決完了」。

「搞什麼，汝完全沒發現嗎？」

在稍微看得出世界輪廓的黑暗之中，唯獨赫蘿的眼睛特別醒目。那眼睛一副難以置信似地稍稍瞇起。

「嚇、嚇我一跳……我還以為是貓頭鷹怪物……」

「嗯。可是，咱是狼吶。」

不覺得好笑的卡拉斯保持著沉默，結果被赫蘿踩了一腳。

卡拉斯猶豫著該不該提出抗議，但看見赫蘿冷漠地走了出去，也只能死心。

然後，拉開一些距離後，赫蘿回過頭招手，示意要卡拉斯跟來。

「什、什麼事？」

走了幾步路後，赫蘿停下了腳步。她一坐下，便比出手勢要卡拉斯坐在旁邊，於是卡拉斯順從地坐了下來。兩人坐下後看起來身高差不多，所以坐在赫蘿旁邊一比，卡拉斯只比她矮了耳朵的高度。

「咱有事情想問汝一下。」

「有事問我？」

卡拉斯不禁心想「有什麼事情非得特地選在三更半夜裡問啊？」這時，赫蘿緩緩開口說：

「咱想問有關汝服侍了一段時間的貴族——安索歐的事情。」

「領主大人的事情？」

「嗯。汝說那傢伙死了，是千真萬確的事情嗎？」

卡拉斯這時才想起，當他向赫蘿說明與艾里亞絲踏上旅途的理由時，赫蘿在聽到領主大人的話題之際有了反應。

赫蘿與領主大人該不會是朋友吧？

「是不是千真萬確的事情啊？那個……我也不知道。」

因為就卡拉斯所知，說出這個消息的，是一名帶著家臣住進宅邸，自稱領主大人弟弟的傲慢男子。

「嗯……不過，咱聽說那傢伙的興趣就是經常出遠門吶。」

「啊，是這樣沒錯。每過了一段時間，領主大人就會帶回來一些奇怪的擺飾品或是怪人。」

宅邸的傭人們都一致認為，艾里亞絲居住的那棟石造建築物，是領主大人特殊癖好的象徵。

「也就是說，好一點的狀況頂多是失去音訊啊。看來希望渺茫吶。」

赫蘿夾雜著嘆息說道，跟著向後一躺。

四周連昆蟲的叫聲都沒有，只有赫蘿甩動尾巴的唰唰聲響起。

「您認識領主大人嗎？」

「咱？沒有，不是這樣子的。」

赫蘿改為側躺的姿勢，以手肘撐地，托著腮幫子。

在朦朧的月光籠罩下，一看赫蘿那悠哉的模樣，就知道她很習慣露宿野外。赫蘿沒特別看向某處，並保持這樣的姿勢好一會兒。卡拉斯也沒有多問，繼續保持著沉默。

赫蘿先打破了沉默：

「據咱聽來的傳言，安索歐似乎在尋找長生不老的秘藥。」

「長、長生……？」

「長生不老。就是能夠永遠保持年輕不變老。」

「喔……」除了這樣的反應，卡拉斯說不出其他話。他不明白尋找這種東西要做什麼。

「咯咯。對還是個小嬰兒的汝來說，應該很難想像唄。」

卡拉斯板起臉壓低了下巴。這時，赫蘿投來視線說：

「比起其他生物，人類確實長壽了些。儘管如此，轉眼間還是會衰弱老去。當然了，咱也不是不懂人類設法逃避衰老的心情。」

雖然卡拉斯還是無法想像那種心情，但他忽然有所察覺地說：

「赫蘿小姐您……也在尋找長生不老的方法嗎？」

然而把話脫口而出後，卡拉斯才發覺自己失言了。

「啊，不、不過，我覺得赫蘿小姐您現在這樣子就已經夠年輕、夠漂亮了……」

看見卡拉斯慌張地掩飾失言，赫蘿先是一副有些驚訝的模樣，然後露出了兩邊的尖牙，沒出聲地笑了笑。

「被汝這樣的小孩子操心，咱都快難為情了起來。當然了，咱的美麗永恆不變。」

從赫蘿用鼻子發出「哼」一聲，然後興奮地不停甩動尾巴的模樣看來，她似乎真的很得意。

不管怎樣，幸好沒惹得赫蘿生氣。這麼想著的卡拉斯不禁鬆了口氣。

「不過，汝說的話算是猜對了一半。」

「咦？」

「但不是咱要吃那秘藥就是了。」

赫蘿的臉上浮現看似有些難為情，又像在自嘲似的笑容。卡拉斯在快脫口問出「那要給誰吃啊？」前，勉強把問題吞了回去。

「那，第二件事情。」

赫蘿瞥了後方一眼後，繼續說：

「艾里亞絲出生後就一直住在一棟建築物裡面，此話可當真？」

卡拉斯沒有向赫蘿提起過這件事，想必是她們兩人昨晚一起睡覺時，艾里亞絲自己說的吧。

卡拉斯猜不出赫蘿向他確認這件事的用意何在。

不過，他沒有多加追究，只是照實說出自己所知：

「應該是真的吧，至少跟我同樣是傭人的那些大人們都這麼說。」

「這樣啊。」

赫蘿的反應讓人看不出她感不感興趣。她點點頭，定定地注視著遠方。

「怎麼了嗎？」

卡拉斯按捺不住地問道，但赫蘿還是一副彷彿在說「沒事」似的模樣搖了搖頭。

「算了，先這樣唄。不說這個了，倒是現在安索歐死了，汝等就沒有地方可投靠了。咱原本只是抱著開一下玩笑的心態，但現在這樣子看來，咱可能要陪汝等旅行很長一段時間吶。」

「……」

雖然卡拉斯勉強沒有叫出聲來，但他的臉上似乎寫著「與艾里亞絲兩人一起旅行會比較輕鬆愉快」。

赫蘿一臉怨恨地揚起一邊眉毛說：

「咱確實是電燈泡沒錯，但汝表現得這麼明顯，咱會受傷的。」

「沒、沒有，我不是這樣的意思。」

「那這樣，咱可以一直陪著汝等旅行嗎？」

看見赫蘿笑容可掬地詢問，卡拉斯根本沒辦法搖頭說不行。

而且，卡拉斯還發現，壞心眼的赫蘿這麼笑起來非常可愛，一點也不輸給艾里亞絲。

基於這些理由，卡拉斯緩緩點了點頭。這時，赫蘿突然哈哈大笑了起來。

「汝這個樣子就算被艾里亞絲呼巴掌，也不能吭聲唄。」

赫蘿原本閃閃發光的笑臉，瞬間變成了嘴角拉長的壞心眼笑容。

精靈似乎懂得識破人心。

「呵呵。哎，這算是坦率小孩的特權唄。就算看見汝想左擁右抱的蠢模樣，咱們當姊姊的也會溫柔地原諒汝。」

卡拉斯連反駁都懶得反駁，索性把視線移向月亮。

「不過，真教人羨慕吶。」

「？」

赫蘿像在自言自語似地喃喃說完後，挺起身子盤腿而坐。

因為只看得到赫蘿側臉的一小部分，所以卡拉斯不是很確定，但赫蘿似乎望向了遠方。

沉默一會兒後，赫蘿忽然回過頭說：

「假設現在出現狼群，汝會怎麼做？」

突如其來的詢問雖然讓卡拉斯感到意外，但他心想有赫蘿這個精靈在身邊，根本沒什麼好害怕的。

「呃……我會小心不要在您旁邊礙手礙腳的……」

於是，卡拉斯立刻這麼回答。赫蘿聽了後，一副感到困擾的模樣笑笑，跟著躺了下來。

因為赫蘿把頭躺在卡拉斯的膝蓋上，嚇得卡拉斯不禁縮起身子。

「非常合理的回答。但是吶，沒有什麼比會打如意算盤的雄性更教人討厭了。」

「喔……」

「喔什麼喔，這時候好歹也要懂得說：『我會用性命保護妳的安全。』喏！」

說著，赫蘿拍了一下卡拉斯的腳。一頭霧水的卡拉斯，這才明白赫蘿是要他跟著說一遍。

就算獨自一人時，卡拉斯也不好意思說出這種台詞，更何況現在赫蘿就在旁邊看著他。

然而，卡拉斯感覺到如果不說，就會挨罵的氣氛；而且赫蘿一副非得等到他說，否則不會放過他的樣子。

即便如此，卡拉斯還是遲疑了好一會兒。聽見赫蘿刻意咳了一聲後，卡拉斯終於定下決心。他一副準備跳進冷水中的模樣深呼吸一次，然後抬起下巴、閉上眼睛開口說：

「我……我會用性命……」

「嗯。」

「……用性命……」

「嗯？」

「命……」

卡拉斯只說到這裡，腦袋突然變成一片空白。

看見卡拉斯遲遲沒能繼續說下去，赫蘿嘀咕了句：「真是拿汝沒輒。」然後坐起身子說：

「保護妳……」

「啊，保護妳的……安全。」

說完整句台詞後，卡拉斯發現台詞其實很短，但是他感覺像是被迫唱了首很長很長的歌。

然而，在被迫說出這段台詞後，他不僅沒辦法將抬高的下巴壓低，就連張開眼睛也做不到。

卡拉斯有種臉頰彷彿被什麼東西刺到似的感覺，這當然因為是身旁的赫蘿正盯著他看。

「呵。哎，算是勉強過關唄。」

赫蘿這麼說罷，隨即別開了視線，這時卡拉斯總算壓低下巴，一副像是從水面探出頭似地，深深吸了口氣。

「不過，汝這個樣子很難進入下個重要階段吶。」

「呃，嗯？下個？」

「嗯。」

赫蘿回答的同時，也採取了行動。

下一秒鐘，卡拉斯有種雖生猶死的感覺。

他不但身體完全無法動作，連眨眼和呼吸也沒辦法。

「呵。」

卡拉斯分不清楚這是從赫蘿口中溜出的笑聲，還是赫蘿的纖細指尖輕輕伸進他耳朵的聲音。

他只知道赫蘿的雙手繞到他的身後，抱住他的頸部，並且把頭輕輕倚在他的肩上。

兩人就這樣沉默了好一會兒。

一陣陣酥麻的感覺規律地襲上卡拉斯的左耳，事後他才理解，那一定是赫蘿在呼氣。

卡拉斯完全沒有要猜測赫蘿為何這麼做的念頭。

他只覺得自己像在作一場充斥著痛苦的美夢。

「如果咱就這麼咬了汝，汝應該會乖乖送死唄？」

赫蘿的話語就像伸進泥堆裡的手一樣，直接深深刺進卡拉斯的腦中。

儘管赫蘿的語調聽來像在開玩笑，卡拉斯卻怎麼也不覺得那是玩笑話，這讓他總算得以轉動起脖子。

轉動脖子後，呈現在卡拉斯眼前的，是如圓月般美麗又細緻的琥珀色眼珠，以及顯得異常白皙的尖牙。

還有讓人飄飄然的香甜氣味。

在卡拉斯就快暈頭轉向的視野裡，赫蘿揚起嘴角，雪白的尖牙此時顯得清晰異常。

這時的他以為自己就快被赫蘿吃掉了。

卡拉斯一邊看著赫蘿的尖牙緩緩靠近他的嘴巴，一邊聽著聲音在已麻痺的腦袋裡響起。那聲音喃喃地說：「被吃掉也不錯啊。」

卡拉斯張著眼睛想要看仔細，一陣近似睡意的感覺卻使得他緩緩閉上眼簾。

剩下的只有赫蘿的香甜氣味。

然而——

「……」

赫蘿最後沒有吃掉卡拉斯。

「好險，就這樣把汝吃掉怎行吶。」

赫蘿突然從卡拉斯肩上挪開頭，露出一副自己太不小心的模樣。

卡拉斯剛才所體驗的美夢，像是被好幾層薄膜包覆似地；而現在，這名為美夢的泡沫像是發出「啪」的一聲破掉了。

不，卡拉斯的夢確實是碎了。

他一副彷彿不小心把沒什麼機會吃到、最愛吃的零食掉在地上似的模樣，凝視著赫蘿的臉發愣了好一會兒。

過沒多久，隨著赫蘿的臉離得越來越遠，卡拉斯也感到胸口像是被撕裂般的難受。

「呵呵呵。別露出這種表情啊，這樣咱會想繼續之後的動作吶。」

赫蘿壞心眼地笑笑後，用食指頂了一下卡拉斯的鼻子，這讓卡拉斯知道她是在開玩笑。

這時，卡拉斯總算察覺到一件事。

他被赫蘿玩弄了。

「不要生氣。如果汝能夠保護咱不被那個欺負，咱可以考慮繼續之後的動作。」

「咦？」

卡拉斯像隻管教得很好的小狗一樣，朝向赫蘿下巴指著的方向看去。

「啊！」

然後，卡拉斯的臉在那瞬間僵住了，臉上還殘留哀嚎的嘴形。

「艾、艾里亞……！」

卡拉斯沒能夠把話說完。

他看見理應在不遠處熟睡，卻已醒來的艾里亞絲。

艾里亞絲稍微挺起身子，並且用取代棉被的長袍遮住半張臉孔，或許她以為這樣就算躲起來了吧。長袍形成的陰影底下投來難以言喻、看不出是何種表情的無色視線。

卡拉斯感覺到背部湧出了大量的冷汗，與他視線交會的艾里亞絲，隨即用著跟野兔不相上下的速度低下了頭。

卡拉斯覺得好像被艾里亞絲撞見很不妙的狀況。不，狀況確實很不妙。

儘管完全不知道狀況哪裡不妙，卡拉斯還是拚命地在腦中編排起能當藉口的話語。

下一秒鐘，就在身旁的赫蘿憋住聲音地笑了出來。

咯咯輕笑聲透過赫蘿至今仍未鬆開的雙手傳來，那聲音聽起來就跟兔子告知危險的腳步聲沒什麼兩樣。

「人家說談戀愛越多阻礙，談得越火熱。」

「我、我們又不是那種關係。」

「既然這樣就不用慌張唄。」

赫蘿輕而易舉地讓卡拉斯閉上了嘴巴。

卡拉斯露出充滿怨恨的眼神瞪向赫蘿，但對她而言，如此銳利的目光似乎也像是春天的陽光

般溫暖。

「真糟糕，咱一看到可愛的小朋友，就會忍不住想要欺負人家。」

赫蘿一邊說罷，一邊很乾脆地鬆開手臂。她發出「嗯～」的聲音伸了伸懶腰後，大大地甩了甩尾巴。

卡拉斯覺得自己就像一隻被百般玩弄而累倒在地的小狗，他也知道這般聯想一定與事實相去無幾。

誰叫他確實被玩弄了。

「汝還要露出這種眼饞的表情到什麼時候？」

為了不讓肯定正在豎起耳朵偷聽的艾里亞絲聽見，赫蘿低聲說道。她傾著頭，依然壓低聲音繼續說：

「不過，這樣汝應該很明白了唄？」

「咦？」

卡拉斯不懂赫蘿的意思，於是這麼反問。赫蘿露出像在生氣的表情，但隨即搖搖頭說了句：

「算了。」

「不過，有一點汝要聽仔細。世上不只有狼群會向汝等伸出魔爪，更何況艾里亞絲還是個年輕姑娘。」

「咦？」

「汝雖然很沒用，但也很可愛。再來只要能夠擁有勇氣就夠了。」

赫蘿站起身子與卡拉斯擦身而過時，粗魯地摸著卡拉斯的頭，把最後的話說完。

儘管卡拉斯忍不住無情地撥開赫蘿的手，赫蘿卻看似愉快地笑了笑，然後很乾脆地回到被窩裡去了。

因為赫蘿的動作實在太過乾脆，卡拉斯不禁覺得方才的互動就像稍微打盹時作了個夢一樣。

而且，卡拉斯也沒搞懂赫蘿最後那句話究竟是什麼意思，只能茫然地目送赫蘿的背影遠去。

卡拉斯就這麼低下了頭。他低下頭的原因不在於這些讓人搞不懂的事情，而是因為從名為赫蘿的狼之魔掌中解脫，讓他不禁安心地嘆了口氣。

然後，卡拉斯舉起手準備撫順被弄亂的頭髮時，忽然停了下來。

因為他覺得被弄亂的頭髮彷彿訴說著夢境會延續下去，要是將頭髮撫順，似乎又有點可惜。

然而，卡拉斯只遲疑了一瞬間。

赫蘿回到被窩後，似乎開始與艾里亞絲講起了悄悄話。當卡拉斯看向兩人時，與艾里亞絲瞬間對上了視線。

這讓卡拉斯覺得不應該繼續頂著被弄亂的頭髮。

於是，他撫順頭髮，並再次嘆了口氣。

赫蘿與艾里亞絲低聲耳語一陣後，終於安靜了下來。

卡拉斯也在這時回到了被窩。

不知怎地，卡拉斯覺得自己累壞了，一切來得如此突然，讓他覺得莫名奇妙。

「即便如此。」卡拉斯在被窩裡嘀咕道。

至少他知道了一件事情。

那就是同樣是香甜的氣味，赫蘿與艾里亞絲的香味卻截然不同。

若要說比較喜歡誰的香味……

如此自問的卡拉斯在想出答案之前，先打了自己的頭。

夜越來越深了。

卡拉斯重重地嘆了口氣，差點吹起了棉被。

到了隔天，卡拉斯因為莫名的罪惡感，一直不敢看艾里亞絲。

不過，或許赫蘿巧妙地找了藉口掩飾，艾里亞絲禱告完後既沒有遲疑，也沒有顯得不自然，還是如往常般向卡拉斯打了招呼。

卡拉斯當然不會否認自己因此感到安心。但不知為何，落寞的感覺還縈繞在他心頭。

這樣的心情簡直就像在期待艾里亞絲會因為誤會而不高興似的，卡拉斯不禁感到驚訝。

他急忙自我辯解，告訴自己沒打算要引起艾里亞絲的注意。但越是解釋，就越覺得自己像個笨男人。

即便如此，卡拉斯腦中還是浮現一個念頭。

他試著把艾里亞絲換成赫蘿，然後想像著發生相同狀況時的畫面。

卡拉斯發現想像中的赫蘿感覺特別可愛。

「……原來如此。」

覺得自己好像變聰明了些的卡拉斯獨自頷首後，突然被人輕輕頂了一下頭，因而回過神來。

卡拉斯抬頭一看，看見一臉不悅的赫蘿。

「喏，還不快吃。汝又最慢。」

突然被頂了一下頭確實讓卡拉斯嚇了一跳，但他也懷疑腦袋瓜裡的想法是不是同時被赫蘿識破，而後者才是讓他不禁慌張的原因。

卡拉斯把赫蘿再次慷慨分給他的小麥麵包塞進嘴裡，一副像是要把秘密塞進內心深處似地吞下麵包。

「吃早餐也是一種才藝吶。」

赫蘿一副沒什麼興趣的模樣嘀咕道，那模樣彷彿在說昨天發生的事情都不是真的一樣。

雖然這讓卡拉斯感到有些落寞，但想到腦袋瓜裡的想法似乎沒被識破，他還是不禁安心地嘆了口氣。

在那之後，卡拉斯再次負責背起所有人的行李，三人繼續踏上旅途。

今天是赫蘿與艾里亞絲並肩而行，負責背行李的卡拉斯則走在兩人前方。

卡拉斯豎起耳朵聆聽後方傳來的愉快對話聲，發現兩人似乎一直聊著有關酒的話題。兩人幾分鐘前才興高采烈地聊著葡萄酒，現在又聊起用麵包做成的琥珀色酒。

不管兩人是在聊哪種酒，對於因葡萄酒而嚐到失敗滋味的卡拉斯來說，都是無法引起共鳴的話題。

卡拉斯覺得，把野草莓煮成泥狀，再用水或蜂蜜加以稀釋的果汁不知道比酒好喝多少倍。

只不過，他沒有勇氣回頭，對著時而傳來如小鳥鳴啼般笑聲的兩人這麼說。

因為卡拉斯害怕看見兩人露出覺得他很可憐的同情笑容。

覺得自己極度遭到排擠的卡拉斯一邊鬧著彆扭，一邊在前頭走著，忽然發現眼前景色開始不時出現凸出地面的岩石及樹叢。

四周的景色也開始從草原變換成草叢，卡拉斯這時終於從山丘上看見一片黑鴉鴉的森林。

森林從正面朝右手邊不斷延伸，在距離相當遙遠的地方還看得到一座小山。

而左手邊則是蔓生著高度不低的茂密草叢。卡拉斯定睛一看，發現草叢間到處看得到水面，那裡似乎是一塊沼澤地。

「很美的景觀吶。」

赫蘿來到卡拉斯身旁說道，站在赫蘿另一邊的艾里亞絲則是用手摀著嘴巴，露出非常吃驚的表情。

卡拉斯這才想起，與艾里亞絲雖然爬上好幾次山丘頂端，但還是第一次看見這樣的景色。

「景色很美吧？」

卡拉斯有些得意地對著感到驚訝的艾里亞絲這麼說，結果被站在中間的赫蘿頂了一下側腰。艾里亞絲看景色看得出神，根本沒注意到赫蘿與卡拉斯。她保持看向遠方的姿勢穩重地說：

「呃，那邊那個是……海洋嗎？」

說著，艾里亞絲指向沼澤的方向。

卡拉斯心想赫蘿應該會回答，卻看見赫蘿面向他露出看似愉快的笑容，於是他回答說：

「不是。那是沼澤。」

「沼澤？」

「就跟水池差不多。只是沼澤比水池淺，還會有泥巴。」

艾里亞絲一副「原來如此」的模樣點了點頭。說到沼澤，就讓人聯想到鯰魚，卡拉斯很想讓艾里亞絲看看這種奇妙的魚讓她驚奇一下；不過艾里亞絲無視於他的想法，開口說道：

「那麼，海洋也差不多像這樣嗎？」

「海洋比這大多了。」

雖然卡拉斯不曾親眼看過海洋，但他聽人描述過。

所以，卡拉斯用兩手畫出大圓圈這麼做了說明。這時，赫蘿忽然插嘴說：

「有多大吶？」

「咦？」

卡拉斯不禁啞口無言，卻看見艾里亞絲把視線從沼澤拉回他身上，並投來充滿疑問的目光。

支支吾吾了一會兒後，卡拉斯照實說出他聽來的描述：

「就是大到不管看向右邊多遠，還是左邊多遠，還有看向正面當然也都是一～大片海洋。」

聽到卡拉斯的說明後，艾里亞絲從口中溜出了感嘆聲；赫蘿則是沒出聲地露出詭異的笑容，似乎發現卡拉斯根本沒看過海洋。

幸好艾里亞絲沒再多問有關海洋的事情，只展露笑臉說了句：「好想趕快看到海洋喔。」忽然看見她的笑容，不禁令卡拉斯發愣地點了點頭，結果馬上就被壞心眼的赫蘿踩了一腳。

「那，只要穿過那片森林和沼澤之間的路，很快就會抵達城鎮，只是……」

在那之後，卡拉斯三人決定就地享用午餐。赫蘿就是在午餐時一邊咬著肉乾，一邊這麼做了說明。

因為赫蘿一副欲言又止的模樣，於是卡拉斯反問說：

「是路況不好嗎？」

「不是，咱從城鎮來這裡時走過那條路，路況不會太差。穿過森林絕對是最近的一條路，但森林太危險了。不過，咱在思考的不是路的問題，而是將來的事情。」

「將來的事情？」

「嗯，說白一點就是要看汝等的荷包飽不飽滿。」

聽到赫蘿這麼說，卡拉斯嘴邊叼著赫蘿給他的肉乾，並伸出手解開自己的行李，在那之中摸索著。

行李裡面，存著來到宅邸的旅人給他的小費。

翻找一陣後，卡拉斯總算拿出了五枚硬幣。

每一枚硬幣都比拇指頭大了些，其中有三枚是表面有幾處泛綠的黑色硬幣，另外兩枚是表面浮著褐色鐵鏽的灰色硬幣。

每一枚硬幣都是卡拉斯收藏已久的寶物。

「喲？這些就是汝的全部財產嗎？」

看見赫蘿露出有些驚訝的表情說道，卡拉斯驕傲地點了點頭。

他心想有這麼多硬幣，就算不夠半年的生活費，要生活三個月也還綽綽有餘吧。

「這是……金錢嗎？」

艾里亞絲一邊這麼說，一邊探頭看向卡拉斯手上的貨幣。

「是啊。」

「我所學習到的金錢是萬惡根源。可是，這跟我想像中的金錢截然不同。」

艾里亞絲究竟把金錢想像成什麼樣的東西呢？卡拉斯不禁覺得能夠有這樣的想像力似乎挺有趣的。

這時，赫蘿卻說出讓他一時無法理解的話語：

「這些錢還不知道夠不夠買一片麵包吶。」

卡拉斯頓了一下後，反問了句：「咦？」

「如果是皮革，咱很快就能夠辨識好壞，但金錢這東西咱就不是很了解……」

赫蘿一邊說，一邊像卡拉斯那樣在自己的行李裡翻找一陣後，拿出一只小布袋。

赫蘿解開以白線和紫線編成的繩帶，把小布袋裡的東西粗魯地倒在手掌心上。

如果要形容卡拉斯看見那東西時受到的衝擊，那正是腦袋被人打了一拳的感覺。

「咱記得用這個買到了一斤的麵包。如果用這枚白色的，可以買到更多麵包。如何？雖然咱也不是很懂這些的價值，但一眼應該就能看出兩者的差異唄？」

對於赫蘿這句話的意思，卡拉斯再明白不過了。

赫蘿手掌心上的硬幣大且厚度十足，上頭刻了細緻得驚人的圖樣。

不僅如此，赫蘿說能夠買一斤麵包的硬幣還發出美麗的紅褐色光芒，她說能夠買更多麵包的硬幣則是泛起朦朧白光，顯得無比威風。

卡拉斯把視線移向自己的掌心，這些寒酸的硬幣讓他不禁有股想哭的衝動。

「所謂的城鎮，是一種沒事待在那裡，也得花錢的地方。更何況汝等為了繼續旅行，還必須採買麵包。所以咱才在納悶，不知道汝等怎麼打算。」

赫蘿一邊把貨幣放回小布袋裡，一邊這麼說。

貨幣被放回小布袋時不是發出叮鈴噹啷的清脆聲響，而是有力地發出「鏘」的一聲。

就像得知世界有多麼廣大時一樣，近似憤怒的悲傷情緒在卡拉斯的胸口徹底蔓延開來。

卡拉斯明明知道赫蘿沒有做什麼壞事，卻覺得她像個壞人，但就算想反駁些什麼，也找不到話語反駁。

即便如此，卡拉斯還是拚命地想說些什麼。就在他擠不出話語，反而快擠出眼淚時，有人從旁輕快地插嘴說：

「麵包是勞動的果實。只要肯勞動，就會沒事的。」

艾里亞絲說罷，朝向卡拉斯露出笑容。

卡拉斯知道艾里亞絲是因為體貼他才這麼說。

雖然臉頰突然發燙，但卡拉斯急忙粗魯地擦了一下眼角，然後告訴自己艾里亞絲說的沒錯。

「沒、沒錯。我會努力工作，所以不會有事的。」

「嗯。」

赫蘿沒有取笑卡拉斯，只是點了點頭，然後露出尖牙咬斷肉乾說：

「如果勞動一天只能買到一天份的食物，汝怎麼打算？」

「只、只要勞動很多天就好了啊。」

雖然卡拉斯有些沒自信地說道，但偷看艾里亞絲一眼後，發現艾里亞絲也點了點頭，於是勇敢地把視線移回赫蘿。

「勞動很多天？嗯。話是這麼說沒錯，可是真的有那麼多工作可做嗎？」

赫蘿又打算捉弄他了。

覺得準是如此的卡拉斯正要開口說話，卻被赫蘿的話語打斷。

「城鎮裡有很多大人找不到工作。還是個小孩子的汝去到那裡，能夠順利找到工作嗎？」

卡拉斯整個人僵住，嘴裡含了一個「咦」字，卻無法說出口。

「汝沒有力氣、沒有技術，也沒什麼熟人住在城鎮。聽說人類世界裡只要識字，待遇就會好很多，只是……」

當然了，卡拉斯根本不識字。不過，他想起艾里亞絲識字的事實。

「艾里亞絲，我記得妳看得懂字吧？」

聽到卡拉斯這麼詢問，艾里亞絲露出淡淡的微笑點了點頭。

沒什麼好擔心的。

卡拉斯這麼想著，下一秒鐘卻聽到赫蘿夾雜著嘆息聲說：

「那麼，艾里亞絲勤勞工作的時候，汝要做什麼吶？卡拉斯小朋友？」

赫蘿的話語宛如長槍，用力刺進了卡拉斯的胸口。

「咦？他只要等我就好了。」

「汝只要等她就好吶。」

赫蘿眯起眼睛看向卡拉斯說道，卡拉斯不禁咬起下唇。

他當然不可能做出這麼沒出息的事情。

「再說，寫字或讀字的工作機會也不是那麼多唄。」

赫蘿手上拿著肉乾，在空中不停地畫著圓圈。她突然停下動作，用咬過而變尖的肉乾搔了搔臉頰。卡拉斯一邊看著赫蘿的舉動，一邊抱著一種赫蘿為什麼要突然說這種話、接近反感的心態瞪視她。

卡拉斯覺得赫蘿的態度就像在叫他放棄旅行一樣。

「那，所以吶，咱有個想法。」

卡拉斯在心中暗自嘀咕「妳還想說什麼？」。

赫蘿美麗而帶有紅色的琥珀色雙瞳，迅速望向了遠方。

「咱在想，汝等要不要在這裡就折返？」

聽到這般出乎意料的話語，卡拉斯沒能夠立即回答。在一片沉默中，赫蘿從遠方拉回視線繼續說道：

「只要到那邊的沼澤取水，然後帶走咱的食物，要從這裡折返回去並不成問題。勉強繼續前進不會有什麼好處。再說，雖然被趕出宅邸，但汝等畢竟還是小孩子，只要訴之以情，總有辦法要求對方多收留兩個人唄。」

儘管要理解赫蘿的提議再容易不過，但卡拉斯還是感覺到一股莫名的憤怒，說什麼也不願意點頭贊同。

然後，他立刻發現自己不願意點頭的原因。

因為他與艾里亞絲已經約定好了。

他們約好要一起去看海洋。

「咱一眼就能看出汝在想什麼。」

然而，赫蘿這麼說完後，一副受不了卡拉斯的模樣笑了笑。

「在沒有旅費，也沒有取得經費的方法之下勉強前進，等到吃光食物、沒錢也沒工作的時候，汝等怎麼打算？汝等打算乞求四周的人們大發慈悲嗎？汝等打算襤褸地坐在路邊，任憑身上沾滿塵垢和泥土嗎？」

不知怎地，卡拉斯能夠理解赫蘿說的話，也十分明白赫蘿說的話才是正確的。

即便如此，他還是說什麼也不願意選擇就這麼回去。

「真是固執吶。」

赫蘿這麼說完後，隨即傳來了聲音：

「那個……」

原本靜靜聽著赫蘿說話的艾里亞絲突然開口說話。

「可以的話，我也想看海洋。我想看更多世界不一樣的地方。」

卡拉斯帶著獲得解救的心情轉頭看向艾里亞絲。

赫蘿一副彷彿在說「然後呢？」似的模樣，半瞇著的眼睛盯著兩人。

「可是，我不了解世上的事情，也無法否定赫蘿小姐說的每一件事。還有，在這段日子裡，我明白世上有很多非常辛苦的事情。」

「嗯。」

赫蘿看似滿意地點了點頭。

卡拉斯失望得差點忍不住叫了出來。

他心想，原來艾里亞絲約好要一起走遍世界、去看很多東西的決心，不過是這般程度而已。

然而，艾里亞絲在那之後沒有繼續說下去，她突然脫去兜帽，在頸部四周摸索。

「艾里亞絲？」

儘管卡拉斯這麼詢問，艾里亞絲還是不在意地繼續尋找，最後她終於抓住看似鍊子的東西，然後緩緩拉了出來。

艾里亞絲從衣服底下拉出一顆如鵪鶉蛋般大小的綠色石頭。

「那、那是……」

看見掛在鍊子上、時而因陽光反射而閃閃發光的石頭，卡拉斯不禁倒抽了口氣。

有一次領主大人邀請不知打哪來的貴族女子來到宅邸時，卡拉斯看見那女子身上掛了一大堆綠色石頭。艾里亞絲身上的綠色石頭跟卡拉斯那時看到的一模一樣。

後來，卡拉斯聽過年長的傭人、尤其是女性傭人們的說明，所以他知道那綠色石頭是什麼。

那是一顆就能夠買下一座村落的寶石。

「聽說這是非常昂貴的東西，用這個買不到麵包嗎？」

卡拉斯一聽到艾里亞絲這麼說，隨即帶著「看妳還能說什麼」的心情看向赫蘿。

他心想，與艾里亞絲的兩人之旅一點兒都不勉強。

卡拉斯本來以為，赫蘿會因為艾里亞絲的反駁而啞口無言，但他看見的反而是赫蘿露出意外的表情。

「早說嘛，原來賣掉那東西也沒關係啊？」

「咦？」

卡拉斯與艾里亞絲兩人同時這麼說。

「咱們共寢時，咱很快就發現了……什麼？汝沒發現啊？」

發現赫蘿突然把話題丟給自己，卡拉斯急忙點了點頭。

卡拉斯完全沒有發現艾里亞絲身上的綠色石頭。

「專注在抱抱上面，所以沒空注意到啊。」

「我、我才沒有那樣！」

看見赫蘿露出壞心眼的笑容這麼說，卡拉斯立刻大吼著反駁。

「哎，總而言之，如果可以賣掉那東西，暫時就不用擔心生活唄。」

「那這樣——」

艾里亞絲打算說下去，卻被赫蘿打斷。

「可是，真的可以賣掉那東西嗎？無論在任何時代、任何地方，特別的石頭都擁有特別的意義。如果那石頭是某人留下的遺物，應該重新考慮一下比較好唄。」

「不，我不知道這是誰給我的東西。不過，祭司大人說過有困難的時候，這東西一定能夠幫

助我。然後，我想現在應該就是有困難的時候。」

聽到艾里亞絲的回答，赫蘿搔了搔鼻頭，然後像一邊在思考似的模樣緩緩說：

「不知道是誰給的？那石頭的底座寫了文字，上頭寫了什麼？」

「是我的名字。」

赫蘿豎起了耳朵。

「只寫了名字？」

「不是，寫了名字和短短的一句話。呃……『給吾女艾里亞絲』。」

赫蘿瞬間睜大了眼睛，然後保持摸著鼻頭的姿勢，把視線移向卡拉斯。

卡拉斯以眼神反問赫蘿「什麼事？」他心想，既然是寫給吾女，那一定是艾里亞絲的父母親送給她的禮物。

「嗯。那石頭非常地昂貴，不是隨隨便便就能夠送給人的東西。光從這點，不就很容易明白是怎麼回事了嗎？」

卡拉斯發出「啊！」的一聲。

難以置信的心情，以及極度驚訝的情緒同時湧上喉嚨。

赫蘿再次把視線移向卡拉斯，她那一副受不了卡拉斯的模樣，彷彿用眼神在說「汝這個大笨驢」似的。

只有艾里亞絲一臉茫然地聽著赫蘿的話語。

「汝覺得那是誰給汝的東西？」

「咦？這是……」

艾里亞絲繼續回答：

「……是神明給的吧。」

卡拉斯清楚聽見赫蘿發出奇怪的笑聲。

「請、請問？」

「汝說的神明不會弄髒手去挖石頭唄，給汝那石頭的——」

「是領主大人！」

卡拉斯按捺不住地這麼說，結果艾里亞絲聽了，把眼睛睜得像豆子一樣圓。

「艾里亞絲是領主大人的……」

女兒。

證據明明就在眼前，卡拉斯卻因為太過意外而說不出話來。

就在突然降臨的沉默之中，艾里亞絲看向手上拿著的綠色石頭，一臉茫然地說：

「呃……那個，咦？那麼，你說的領主大人是神明嗎？」

「不是！我說妳是領主大人的女兒，然後領主大人是人類！」

「呃、呃……可是——」

面對感到困惑的艾里亞絲，卡拉斯不知道該如何向她說明，只是一味讓語氣變得越來越急躁。這時，赫蘿平靜地說：

「咱記得人類會說：『咱們都是神之子。』是唄？」

聽到赫蘿的話語後，艾里亞絲用力點了點頭。

「嗯。」

卡拉斯心想：「這什麼爛說明嘛。」

當他情緒激動地準備說明時，被人抓住了衣領。

抓住他衣領的除了赫蘿，當然沒別人了。

「咱當然也懂得看人類微妙的心理變化，現在不是說這個的好時機。」

卡拉斯被赫蘿的話語懾住，不禁像挨了罵似地縮起脖子。

這時，赫蘿沒多說什麼地放開卡拉斯的衣領，一副「這該怎麼著」的模樣嘆了口氣。

「以一個活了一大把年紀的人來說，咱認為不應該賣掉那石頭……」

然後這麼嘀咕。

如果艾里亞絲真是領主大人的女兒，而那顆石頭是領主大人送給她的東西，現在那顆石頭就變成了領主大人的遺物。

以卡拉斯的立場來說，他怎麼可能堅持寧可賣掉遺物，也要繼續旅行。他告訴自己現在還是應該折返才對。

而且，如果艾里亞絲是領主大人的女兒，只要回到宅邸就能夠恢復以往的生活。

冷靜下來的卡拉斯讓視線落在地面，重新考慮起赫蘿的提議。

雖然只有短暫幾天的旅行，也是過得相當愉快。

卡拉斯告訴自己只要這麼想，就會好過一些。

他緩緩抬起頭說：

「赫蘿小姐，我們還是——」

赫蘿忽然轉過頭。

她的動作非常迅速，還露出不尋常的目光。

這突如其來的舉動讓卡拉斯把話打住，並且僵直身子注視著她。

然而，赫蘿根本沒有看向卡拉斯。

她的視線停留在遙遠的一方。

那是卡拉斯兩人走來的方向。

「屋漏偏逢連夜雨？」

然後，赫蘿這麼嘀咕，並立刻站起身子。

「赫、赫蘿小姐？」

艾里亞絲依然一臉困惑地保持著沉默，卡拉斯則是好不容易才叫出赫蘿的名字。

赫蘿這次真的看向了卡拉斯。

不過，赫蘿那似笑非笑的臉上，露出顯得特別銳利的尖牙。

「汝啊，把汝等趕出宅邸的那個安索歐的弟弟像個好人嗎？」

赫蘿的問題依然來得很突然。

不過，卡拉斯立即回答了這個問題：

「不像。」

「那麼，像這樣為了繼承哥哥的遺產，火速來到宅邸的傢伙，如果得知哥哥有血親，會怎麼做吶？」

卡拉斯沒能立即回答這個問題。

不，應該說他不願意回答。

無論在任何時代，擁有財產繼承權的人都不會改變。

「汝等在被那些傢伙發現之前先踏上旅途，或許算是幸運唄。」

赫蘿喃喃說道，然後笑了笑。

「汝雖然很沒用，但也很可愛。再來還必須擁有什麼吶？」

卡拉斯想起赫蘿昨晚說的話。

他感覺像是吞了塊燒紅的木炭，從腹部深處燃起一團熱氣。

「艾里亞絲，站起來。」

卡拉斯著手整理起行李，然後像受到狼群襲擊時那樣，抓住取代拐杖的樹枝，對著艾里亞絲說道：

「雖然還相差好一段距離，但情況不妙，怎麼看都是不懷好意的傢伙。如果只是在後面追那還好，要是被兩面夾攻就麻煩了吶。」

卡拉斯瞬間看了艾里亞絲一眼。他握緊拳頭，再次看向赫蘿。

「汝啊，要穿過森林嗎？」

聽到赫蘿投來的話語後，卡拉斯點了點頭。

「艾里亞絲。」

只有艾里亞絲依舊是一副沒掌握到狀況的模樣，不安地緊握著綠石頭。

那模樣看起來就像什麼都不知道、什麼都不懂，一個很平凡的女孩。

卡拉斯既不會喝酒，也不識字，就連身高都比艾里亞絲矮。

即便如此——

「放心，有我在。」

卡拉斯還是這麼說著，向艾里亞絲伸出了手。艾里亞絲有些驚訝地睜大眼睛。卡拉斯知道赫蘿一直注視著他與艾里亞絲的互動，不禁感到難為情。

不過，儘管感到難為情，卡拉斯卻沒有要收手的意思。

「……嗯。」

艾里亞絲輕輕點了點頭，戰戰兢兢地握住他伸出的手。

她的手很柔軟，而且纖細得教人擔心。

「走吧？」

艾里亞絲這雙柔軟的手由我來保護。

她彷彿聽見了卡拉斯內心的決心似地，點了點頭。

赫蘿衝了出去。

卡拉斯拉著艾里亞絲的手跟在赫蘿後頭，向著森林跑了起來。

卡拉斯覺得與其說自己在奔跑，不如說是在草木之間游泳。

過了發芽季節的森林擁有太過旺盛的生命力，使得卡拉斯不時陷入三人在巨大生物肚子裡奔跑的錯覺。

茂密的樹葉遮蓋了頭頂上方，空氣也濃得嗆人。

臉頰、頸部或手部等暴露在外的部位轉眼間滿是擦傷；就連戴著兜帽的艾里亞絲的眼睛周圍也因為擦傷，變得像是哭腫了眼睛般紅腫。

不過，值得慶幸的是，森林裡還是存在著沒有石頭和樹根的蜿蜒山路，只是被茂密的矮樹和野草遮蓋了而已。跑在前頭的赫蘿總是準確地踏在山路上，卡拉斯只要跟在她後頭，就不會太過辛苦。

要不是有赫蘿在，卡拉斯一定會因為找不到山路而停滯不前，說不定也會因為沒注意到時而流經腳邊的清流、或是草叢遮蓋的沼澤而連連絆倒。光是這麼想，卡拉斯就不禁害怕得打寒顫。

若是不小心踩到被水蘚覆蓋的樹根，想必很快就會有人摔傷。

森林小徑的右手邊是高台，左手邊是低地。

每當發現有溪流從右手邊流向左手邊時，赫蘿總會回頭提醒卡拉斯，要他小心地跳過溪流繼續前進。

在這之中，卡拉斯一直記得要牢牢握緊艾里亞絲的手。

因為他覺得如果沒好好握緊，艾里亞絲就會被吸進森林之中。

事實上，艾里亞絲連走在平坦的道路都很吃力。這樣的她，因為在蜿蜒得不規則的森林小道上奔跑，而使得呼吸越來越急促，回握卡拉斯的手的力道也越來越重。

這讓卡拉斯有種艾里亞絲就快被迫近的追兵拉走的感覺，所以不管遇到再難跑的路況，他還是一直緊握著艾里亞絲的手。艾里亞絲也像是在說「不能走丟」似的一直回握著卡拉斯的手。

卡拉斯已經不記得在這樣的狀態下跑了多久。

森林的濃郁空氣附著在喉嚨上，但卡拉斯已經疲累得連這種事都不在意了。突然間艾里亞絲的腳被某物絆倒，當場跪了下來。

「艾里亞絲！」

卡拉斯急忙停下腳步，回頭呼喚艾里亞絲。

他停下腳步後，汗水忽然如泉水般湧出。儘管覺得自己還有精力跑下去，但一股彷彿下半身都埋在泥土裡似的疲勞感，卻在此時襲來。

連眨個眼睛都有困難的艾里亞絲緊閉雙唇，一副彷彿在說「我沒事」似地點了點頭。她的樣子怎麼看都不像沒事。

即便如此，艾里亞絲若不繼續跑下去，那可就大事不妙了；這個事實讓卡拉斯的手自己動了起來。他拉起怎麼看都已筋疲力盡的艾里亞絲，試圖讓她站起身子。

卡拉斯覺得自己這麼做很殘酷，於是找起藉口詢問說：

「有沒有扭傷腳？」

雖然艾里亞絲勉強站起身子，卻因此引起一陣暈眩。她的目光一直沒有找到焦點，身體也搖搖晃了好一會兒；但不久後，她動了幾下腳，然後搖了搖頭。

卡拉斯見狀，不禁放鬆了肩膀的力量。

然而，看見這般模樣的艾里亞絲，卡拉斯終究還是不忍說出「那我們走吧」這種話。

「怎麼著？」

赫蘿發現卡拉斯兩人沒跟上，於是折了回來。

儘管赫蘿奔跑時的背影猶如跳躍般輕盈，她的呼吸還是變得急促，臉上也有幾處擦傷。連她引以為傲的尾巴，也似乎因為茂密野草帶來的濕氣而蓬鬆起來，那模樣看起來簡直像是在生氣。

「艾里亞絲被絆倒了。」

「……扭傷了嗎？」

聽到赫蘿的話語後，艾里亞絲再次搖了搖頭。

「既然沒有扭傷，那就得繼續跑下去，否則會很不妙。因為離城鎮還有一段路。」

卡拉斯根本不想知道到底還剩多少距離。

如果已經走了一半以上的路程，赫蘿應該會說「只剩一半」來鼓舞兩人；所以卡拉斯認為，現在肯定連一半的距離都還沒跑完。

不過，不想知道剩下多少距離，並不代表卡拉斯不想知道與追兵之間還保有多少距離。

察覺到卡拉斯露出充滿疑問的目光後，赫蘿面帶微笑摘下貼在他額頭上的落葉說：

「呵呵。怕什麼，事到緊要關頭時，汝手上不是有能夠取代長槍的拐杖嗎？」

看見赫蘿露出溫柔的眼神，卡拉斯不禁覺得赫蘿是在幫助他緩和一些對可怕事實的恐懼。卡拉斯只能點點頭，並把拐杖握到手發痛的程度。

「總之，咱們只要比追兵快一步抵達城鎮，就可以暫時放下心。喏，出發唄。」

說著，赫蘿再次跑了出去。

只要抵達城鎮，總有辦法的。

抱著這唯一的一絲希望，卡拉斯與艾里亞絲也跑了出去。

卡拉斯工作的領主公館裡，有很多人比卡拉斯的身分還低，只能躺在家畜寮舍的角落，與豬隻一起睡在蝨子滿天飛的麥桿堆上。這些人不是因為戰爭而變成俘虜，就是因為欠債而被賣到宅邸，盡是一些與人溝通都成問題的奴隸。他們負責修理葡萄棚架或開墾荒地等苦工，總是被折磨得不成人形。

就連卡拉斯都會因為厭煩每天被吩咐的工作，一星期當中有四天想逃出宅邸，他們就更不用說了。事實上，他們也經常逃跑。每次有人逃跑時，留鬍子的管家就會代替經常不在家的領主披上盔甲、跨上馬背去抓人。

聽說他們也是抱著唯一的一絲希望逃跑。

只要逃進某個城鎮的城牆內，領主的追兵就不能在城鎮裡抓人。

城鎮的空氣能夠讓人得到自由。

現在的卡拉斯切身感受到他們用著咬字不清的發音，喃喃說出這句話時的心情。

即便他們抱著這樣的希望，還是會經常看見只要有三人逃跑，就有兩人被抓回來嚴刑鞭打的下場。

如果我們被抓，也會遭到鞭打嗎？還是會被吊死呢？

卡拉斯隨即憶起鞭子如發出恐嚇聲的猛獸，鞭打在奴隸背上的聲音。隨著宛若雷聲的巨響打在奴隸的背上，他們背部的皮膚、鮮血以及汗脂同時濺起的畫面，也清晰地在他的視線中重現。

因為想著這些事情，卡拉斯在不知不覺中用力握緊了艾里亞絲的手。

「神明總是隨時守護著我們。」

透過掌心，卡拉斯心中的不安似乎傳給了艾里亞絲，儘管臉頰因為疲憊而僵硬，艾里亞絲還是溫柔地微笑著。

卡拉斯告訴自己要加油。

他咬緊牙根，把令人不安的想像猛力甩開。

「走吧。」

聽到卡拉斯的話語，艾里亞絲點了點頭，然後就像初次展翅的小鳥一樣跑了出去。

穿過這片幽暗的森林、抵達城鎮後，接下來要怎麼做呢？卡拉斯目前還沒辦法找到這個問題

的答案。

要賣掉可能是艾里亞絲的父親送給她的寶石嗎？還是與艾里亞絲兩人合力工作，賺錢生活下去呢？

抑或是背著裝滿水和食物的行囊，兩人繼續沿著通往海洋的道路走去？

在這片幽深昏暗的森林裡，赫蘿一直指引著卡拉斯兩人。

赫蘿的背影明明很嬌小，卻顯得相當可靠。只要看見她轉過頭，向著自己揚起嘴角，那就算出現再可怕的狼群，也不會讓人害怕。

抵達城鎮後，赫蘿一定會幫忙想辦法的。從認識赫蘿以來，她就傳授了很多智慧，所以她未來一定也會這麼做的。

所以現在只要拉著艾里亞絲的手，專注於逃跑就好。

卡拉斯承受著背上行李的沉重壓力，一邊這麼想著，一邊向前奔去。

彷彿將森林撕裂般的醜惡叫聲，十分突然地從某處響起。

「嘖……！」

卡拉斯停下了腳步，幾乎是靠著慣性在跑的艾里亞絲撞上他的肩膀，並且超前了幾步。

艾里亞絲之所以沒有道歉，是因為她也把眼睛睜得大大地，注視著周遭的森林。

那聲音非常高亢，就像殺雞時的叫聲。

是鳥叫聲嗎？

卡拉斯剛這麼想，隨即再度傳來同樣的叫聲，還聽見了「啪唰啪唰」的振翅聲。

「……鳥？」

卡拉斯勉強不讓自己無力地癱倒在地，然後像在自言自語似地嘀咕道。

艾里亞絲露出害怕的神情，用手摀住了耳朵。

在那之後再次傳來振翅聲，卡拉斯也因此確信是鳥叫。

「艾里亞絲，不用怕，那是鳥。」

「……是、是鳥嗎？」

從艾里亞絲的眼神裡可以看出她的疑心，她一定未曾聽過如此可怕的鳥叫聲。

卡拉斯親眼看過好幾次像會帶走嬰兒的那種大鳥，他敢說，方才聽見的一定是類似這類巨禽的叫聲。於是他說了句：「沒錯。」然後重新握起艾里亞絲的手。

「這不重要，我們要快點追上赫蘿小姐才行……」

說著，卡拉斯把視線移向前方，卻突然停下準備踏出的腳步。

因為他看見在彎向右側、呈現上坡路段的小徑前方，赫蘿保持背對著兩人的姿勢紋風不動。

那背影看起來不像在等待兩人的樣子。

保持背對姿勢的赫蘿有些低著頭，只有耳朵用著比兔子還要機敏的動作，朝向四面八方不停動著。

「赫蘿小姐——」

就在卡拉斯自己也不知道有沒有把話喊出口的同時，赫蘿突然轉身看向他。

卡拉斯以為赫蘿看向他的想法在瞬間消失。他很快就發現，赫蘿的視線停留在比兩人更遠的地方。

赫蘿望去的方向，是他們來時路的彼端。

她會露出不平穩的目光看向小徑遠方，就表示她正看著某種東西。

卡拉斯嚥下口水，靜觀赫蘿的舉動時，她朝向兩人的位置順著坡道滑了下來。她一邊依舊看向來路的方向，一邊開口說：

「追兵似乎沒有追上來的樣子。」

「咦？」

突來的話語，使得卡拉斯不禁凝視起赫蘿的臉，但她的注意力依然集中在遠方。

「難道是想耍什麼詭計？可是……」

「還是他們迷路了？」

「有可能，咱去看一下好了。」

說著，赫蘿總算把視線移向了卡拉斯，並在臉上浮現笑容。

「汝等先休息一下唄，反正繼續勉強前進也會有危險。別怕，咱很快就回來。」

赫蘿自顧自地說完後，輕輕拍了拍卡拉斯的肩膀，跟著朝向來時的小徑跑了回去。

卡拉斯當然沒勇氣叫住赫蘿，只能杵在原地，望著赫蘿的背影逐漸消失在森林裡。事實上卡拉斯很擔心赫蘿的安全，也害怕被赫蘿拋下不管。

不過，卡拉斯還是很慶幸能夠有休息的時間。他一邊想，一邊回頭看向艾里亞絲時，不禁瞪大了眼睛大喊：

「哇！啊！艾里亞絲！」

艾里亞絲就像緊繃的繩索斷掉似的癱坐在地，為了不讓她就這麼往後倒，卡拉斯衝上前勉力接住她。艾里亞絲保持著沒有很急促，但也不算平穩的呼吸，一副筋疲力盡的模樣閉著眼睛。

卡拉斯想起幾天前艾里亞絲明明很疲累，卻勉強自己繼續走路，結果在路中央暈倒的事。說到卡拉斯那時感受到的恐懼，就是現在回想起來，還會讓他有種腹部下方發寒的感覺。

卡拉斯幾乎整個抱住了艾里亞絲。當他窺探艾里亞絲的臉時，聽見艾里亞絲以氣若游絲的聲音說了「水」這個字。

「水？等、等一下。」

卡拉斯一邊以單手扶住艾里亞絲，一邊放下肩上的行李，粗魯地解開纏在側腰上的皮袋。儘管皮袋裡的水就快沒了，但卡拉斯毫不遲疑地把袋口湊近艾里亞絲嘴邊。

雖然艾里亞絲還是緊閉著眼睛，但察覺到袋口湊近嘴邊後，便微微張開嘴巴。於是卡拉斯小心翼翼地餵她喝水。

或許是喉嚨乾渴得嚴重，艾里亞絲一開始有些被嗆到的樣子，但很快地就像在吸氣般正常地喝起了水。

因為沒抓到該停止餵水的時機，艾里亞絲閉上嘴巴後，卡拉斯仍把皮袋傾斜了好幾秒，結果不小心把水灑了出來。雖然水淋濕了艾里亞絲的下巴和衣服，但她沒有生氣也沒有嚇一跳，只稍微揚起嘴角露出微笑。

「會不會不舒服？」

聽到卡拉斯的詢問後，艾里亞絲搖了搖頭。

看見艾里亞絲的氣色沒有顯得特別差，卡拉斯心想艾里亞絲應該不是在騙他。

或許是喝了水而安心的緣故，艾里亞絲的呼吸逐漸變得緩慢，也越來越深。

看樣子她應該會就這樣睡著吧。卡拉斯這麼想時，艾里亞絲緩緩動起身子，並伸出左手握住卡拉斯的右手。

艾里亞絲仍然閉著眼睛。

卡拉斯也回握艾里亞絲。握住那輕柔又脆弱、宛如用軟木塞做成的手後，她總算微微睜開眼睛，露出淺淺的微笑。

那像是發出微弱光芒的燐光似的，是一種鬆了口氣、感到安心的笑臉。

看見這般笑臉的瞬間，卡拉斯感覺心跳加速，速度快到幾近心痛。

在無意識中，卡拉斯準備把內心深處湧出的情感化為言語；但就在要說出口的瞬間，艾里亞絲像是輕輕嘆了口氣。

發現艾里亞絲其實是在打哈欠後，卡拉斯回過神來，臉頰也隨著情緒減弱而放鬆。

「什麼嘛，想睡了啊？」

卡拉斯忍不住笑了一下，這樣的反應似乎讓艾里亞絲感到有些難為情。

她稍微嘟起了嘴巴。

「妳就稍微睡一下吧。」

卡拉斯為艾里亞絲擦去還沾在下巴上的水滴，輕聲說道。

哪怕只有極短暫的時間，只要小睡一下，疲勞就會以驚人的速度消退。

就算卡拉斯不這麼說，睡魔一定也不會放過艾里亞絲吧。即便如此，艾里亞絲停頓了一會兒後，還是有禮貌地緩緩點了點頭。

艾里亞絲開始動著身子，試圖找出輕鬆的姿勢睡覺，當她最後打算靠在卡拉斯身上時，已經陷入了夢鄉。

她的柔軟身軀慢慢陷入卡拉斯懷裡。

因為艾里亞絲比卡拉斯高了一些，他很可能因此被壓倒，但為了顧及男人的面子，卡拉斯拚了命地撐著身體。

雖然很想讓艾里亞絲好好睡上一覺，但卡拉斯知道目前的情況並不允許。他不禁希望赫蘿能晚點再回來。

話雖這麼說，卡拉斯心中同時也期望著赫蘿能夠早點回來。

森林總是顯得如此陰暗，而且安靜得不可思議。

萬一赫蘿就這麼一去不回，那該怎麼辦才好？當然了，他也知道就算擔心，事情也不會因此好轉。

所以，他告訴自己，多害怕只會讓自己多吃虧而已。

卡拉斯甩甩頭把煩人的思緒拋到腦後，做了一次深呼吸為自己打氣。

然而，就算勉強趕走茫然的不安感，卡拉斯還是逃避不了各種逼近而來的問題。

餵艾里亞絲喝完水後，隨手拋下的皮袋如今已經變得扁塌，水也流光了。

如果不找個地方裝水，萬一又要露宿野外時，恐怕會口渴得睡不著覺。

看著懷裡的艾里亞絲像隻小兔子一樣似地睡覺，卡拉斯開始認真思考起來。

跑到這裡的路上，跳過了無數條清流，感覺好像整座森林浸泡在水裡一樣。在這附近找一找，也許能夠找到清流也說不定。

有了這樣的想法後，卡拉斯開始耐不住性子，恨不得馬上起身尋找清流。

雖然很捨不得鬆開艾里亞絲像剛出爐麵包一樣濕潤的手，但卡拉斯慢慢一根一根地解開她的手指，並小心翼翼地用行李支撐她的肩膀。

雖然心中生起少許罪惡感，但終究不敵猛烈襲上喉嚨的乾渴感。

確認艾里亞絲依然乖乖在睡覺後，卡拉斯拿著皮袋站起身子。

卡拉斯有種彷彿每眨一次眼，喉嚨深處的灼熱感就會隨之變強的感覺。

他不停地嚥下根本不存在的口水，並想像自己喝下了冰涼的水。

卡拉斯環視四周，觀察著附近有沒有嗜水性的植物。

因為擔心距離艾里亞絲太遠會有危險，所以卡拉斯像熊一樣繞著圓圈尋找，結果很快地找到了目標。

他才看見不遠處的巨木長著翠綠的青苔，就發現一條流過巨木後方的細細清流。

只是，滲出地面的水量之少，別說是裝滿皮袋，就連舀起來喝都成問題。

躊躇了一會兒後，卡拉斯朝向水流的方向走去。

水流順著坡面緩緩往下流，那坡面看起來並不難走。

卡拉斯一邊注意著不要踩到青苔滑倒，一邊慢慢走下山坡，很快地遇上了一座小斷崖。

向下一看，他隨即忍住想歡呼出聲的衝動，開始觀察該如何往下走。

看起來不超過卡拉斯身高的小斷崖，或許是因為聚集了從四面八方滲出的清水，而在其下方形成一座不算小的水池。

水池裡的水十分清澈，池底似乎是砂石地。

不過這不重要。他壓抑著高漲的情緒撥開野草，大步地繞著斷崖往下走，一邊注意腳邊突然變多的岩石，一邊走近水池。這時，他發現了一個事實。

卡拉斯方才從上面發現水池的位置，正好是洞窟的正上方，而水池裡的水就是從洞窟深處流出來的。

洞口十分狹窄，連卡拉斯彎起身子都進不去，裡頭卻深得不見洞底。

不過，讓他最在意的還是水池裡的水。池水清澈無比，讓人看了都清醒了過來。

他立刻跪在池邊，先喝了一口池水。

卡拉斯找不到話語能夠形容當時的喜悅。

他忘情地喝著清爽又沁心涼的池水。

不知道忘情地喝了多久後，卡拉斯喝到呼吸感到困難，才終於抬起了頭。他發出一聲響亮的打嗝聲後，舒了口氣。

池水就像冬天的井水般冰涼。

一隻小魚一副對卡拉斯視若無睹似地，在如此冰涼的池水裡游泳。小魚在水池正中央悠哉地游了一會兒後，輕快地游進洞窟裡。

從口渴中解脫後，卡拉斯沉浸在接近恍惚狀態的滿足感之中，茫然地凝視著那條小魚。

後來，卡拉斯忽然回過神時，發現自己差點就睡著了。他急忙擦了擦嘴巴，並敲打自己的腦袋瓜。

要是在這種地方睡著，赫蘿回來肯定會把他罵得狗血淋頭。

這麼想著的卡拉斯動作迅速地把皮袋裝滿水，然後纏在腰上。

在那之後，他彎下腰，正打算再喝一口池水時——

「？」

突然覺得某處投來了目光。

卡拉斯心想，可能是赫蘿發現他不在艾里亞絲身邊而來找他；但再次環視四周後，並沒有看見赫蘿的身影。

雖然水池四周也長著較高的野草，但對視野的影響並不大。

明明沒有藏身之處，卡拉斯卻找不到目光的主人。

「是我多心……了嗎……」

卡拉斯喃喃說出的話語，有一半是說給自己聽的。儘管很在意後方的動靜，他還是重新面向水池，動作輕緩地準備將嘴湊近水池。就在這時，他注意到了。

洞窟外面的水池，呈半圓形向外延伸。就在這水池的左側，有隻動物無聲無息地出現，且佇立不動。

「……」

這隻直盯著卡拉斯看的動物，是隻身上斑點仍未退去的小鹿。

難道是斷崖形成了保護色，所以沒察覺到小鹿的存在嗎？就算這麼想著，卡拉斯腦中卻做出小鹿先前根本不存在的結論。

卡拉斯想起在森林裡，很容易發生令人毛骨悚然的可怕故事。

只是，小鹿一直注視著卡拉斯，也沒有變成什麼怪物。或許牠是第一次看到人類，所以覺得稀奇也說不定。

卡拉斯一邊不時偷偷觀察小鹿的動靜，一邊迅速喝了水，然後站起身子。

小鹿連要逃跑的樣子都沒有。

小鹿明明算是可愛類型的動物，但卡拉斯看見牠那動也不動的身影，以及看人看得出神的黑色雙眸，不知怎地感到一陣涼意爬上背脊。

當然了，小鹿只是一直凝視著他，並沒有咧嘴露牙發出攻擊。卡拉斯一邊暗自告訴自己沒必要害怕，一邊動作迅速地轉過身子，跟著半跑半逃地衝了出去。

卡拉斯抱著「小鹿該不會追上來了吧」的愚蠢妄想頻頻回頭確認，腳步也逐漸加快。

明明距離沒有多遠，當抵達艾里亞絲身邊時，卡拉斯卻不禁打從心底鬆了口氣。

不過，他不確定看見赫蘿也在艾里亞絲身邊時，他是該高興，還是該害怕。

「汝那表情，好像在森林深處看到了怪物一樣。」

「……」

雖然赫蘿像在捉弄人的笑臉讓卡拉斯有些不高興，但看見她的笑臉，心中的不安果然也就消失不見了。

「我去裝了水回來。」

「唔，這樣啊。」

赫蘿喃喃說道，並輕輕撥弄在睡覺的艾里亞絲瀏海。

想責備赫蘿這麼做會吵醒艾里亞絲，但也想一直看著赫蘿的美麗手指撥弄艾里亞絲柔順的瀏海；這複雜的心情不停地折磨著卡拉斯。

「……不想給咱嗎？」

「咦？」

突然聽到赫蘿搭腔，卡拉斯才回過神來。赫蘿稍微瞇起眼睛，微微傾頭再次說道：

「不想給咱喝水嗎？」

「啊，是、是！」

發愣站著不動、都忘了坐下的卡拉斯急忙把皮袋遞給赫蘿。

赫蘿當然沒有輕易地放過他。

「汝也希望咱這麼對汝嗎？」

赫蘿瞇起眼睛，露出被水沾濕的白牙笑著消遣卡拉斯。看見她這般笑臉，卡拉斯忍不住嚥下了口水。

不過，為了顧及面子，他當然沒有點頭就是了。

「這、這不重要，追兵的狀況呢？」

赫蘿在不遠處坐下後，卡拉斯以較為強勢的口氣這麼詢問。

他一方面是因為被赫蘿捉弄而感到生氣，再來是擔心如果沒有以強勢的口氣詢問，說起話來會顯得懦弱。

聽到卡拉斯的話語，赫蘿微微動了兩、三下耳朵後，先探頭看了一下皮袋內部，才輕輕發出「嗯」的一聲。

「沒看到。」

「咦？」

「沒看到。」

卡拉斯思考了赫蘿的話語好一會兒。當他察覺到赫蘿不過是指出很單純的事實時，再度感到驚訝地說：

「意思是說，那個，我們……」

「現在要說已經得救了還太早，但目前的樣子看來，不會有立刻被抓走的危險唄。」

卡拉斯長長地呼了口氣，連他自己都不知道這是在嘆息亦或呼氣，接著肩膀便失去力量地攤軟下來。

他感覺彷彿背部緊繃的神經忽然斷了一條似的。

看見這般模樣的卡拉斯，赫蘿沒出聲地笑著。

雖說被笑，卡拉斯卻覺得赫蘿一邊輕撫艾里亞絲的臉頰，一邊露出的笑臉不像在捉弄人，而是顯得溫柔，就像在誇獎他似的。

「話雖這麼說，但還有一些傢伙在森林外面走動，所以還不能完全安心。不過，咱們會率先穿過森林，然後抵達城鎮唄。」

卡拉斯不覺得赫蘿是為了讓他暫時安心才這麼說。

完全信任赫蘿話語的卡拉斯點了點頭，伸直了凍僵的雙腿。

「要不要休息一下啊？畢竟咱們勉強前進了好一大段路。」

「說的……也是。」

卡拉斯這麼說時，已經忍不住地打了哈欠。

赫蘿一副受不了卡拉斯的模樣，笑著擦了擦鼻子輕輕起身，來到卡拉斯身邊坐下。

「別露出這麼充滿戒心的樣子。」

聽到赫蘿從喉嚨深處發出的咯咯笑聲，卡拉斯立刻露出了不信任的目光。

當然了，赫蘿不可能因為這樣就退縮。當「喏」的一聲傳進卡拉斯耳中的瞬間，他的頭已經躺在赫蘿的膝蓋上。

卡拉斯覺得赫蘿一定是在他身上施了什麼魔法。

為什麼呢？因為卡拉斯明明難為情到滿臉通紅的地步了，卻仍鼓不起勇氣從赫蘿的膝蓋上挪開身子。

「小睡一下多少能夠恢復一些體力。距離城鎮還有好一段距離，汝就睡一下唄。」

被赫蘿粗魯地摸頭的感覺，以及從頸部後方傳來有些搔癢的感覺，讓卡拉斯覺得舒服極了。

而且，赫蘿的話已經幫他找到足夠的藉口。

卡拉斯躺在赫蘿的膝蓋上準備點頭，但點到一半時停了下來。

因為赫蘿在那之後繼續說：

「必要時，汝可能得扛著精力耗盡的艾里亞絲前進也說不定。」

艾里亞絲的名字讓卡拉斯醒了過來，並且把視線移向她。

卡拉斯想起她方才用左手握住自己的手時，臉上的神情由不安轉為安心的笑臉。她的左手此刻輕輕握起拳頭，什麼也沒握住。

艾里亞絲一定還在夢裡握著卡拉斯的手。

他不禁覺得，在艾里亞絲面前躺在赫蘿膝蓋上睡覺，是一件很不應該的事情。

於是準備抬起頭。

這時有人阻止了卡拉斯。此人當然是赫蘿，她用手按住了卡拉斯的頭。

「咯咯咯，汝真是個重情義的雄性。」

卡拉斯準備抬起頭時，赫蘿用手肘頂住他的太陽穴，撐住自己的臉。

他半帶驚訝、半帶憤怒，以及些許可惜的心情打算撥開赫蘿的手肘時，赫蘿的手肘用力按得他發疼，只好打消了念頭。

「看這樣子，咱或許沒必要插手吶。」

「咦？」

「沒事，咱在自言自語。不說這個了。」

赫蘿說罷，立刻挪開了手肘。卡拉斯一臉疲憊地準備抬頭時，赫蘿開口說：

「咱這人就是不服輸。」

在抬高一半的頭和赫蘿的膝蓋之間，卡拉斯感覺到一陣輕柔的觸感。

卡拉斯沒時間思考赫蘿這回又做了什麼。

他只感覺到搔癢耳朵和臉頰的輕柔觸感，以及赫蘿身上的濃郁香味撲鼻而來。

原來赫蘿把她蓬鬆的尾巴鋪在卡拉斯的後腦杓下方。

「呵呵呵，這樣汝還有辦法抬起頭嗎？」

卡拉斯不禁心想，人家說難以抗拒的魅力，一定就是指暖烘烘的尾巴鋪在臉頰底下的觸感。

這時，赫蘿還伸出手撫摸卡拉斯的頭。

這下子他怎能抗拒得了。

卡拉斯放鬆脖子，「碰」的一聲讓頭部栽在赫蘿的膝蓋上。

「哎，這樣差不多搞定了唄。」

他耳裡聽著赫蘿驕傲的說話聲，眼裡看著艾里亞絲的睡臉。

「儘管放心唄，咱會在艾里亞絲醒來前叫醒汝。」

不知怎地，卡拉斯覺得自己變得很狡猾，不禁感到傷心。但最教他傷心的是，聽到赫蘿的話之後，他竟然真的覺得安心。

不過，在卡拉斯因為自己的沒出息而感到難過時，他發現赫蘿的耳語儘管帶有些許挖苦的意味，卻不像是在騙人。

「這沒什麼，自己有些虧欠的感覺反而比較能夠溫柔地對待對方。」

「喔……」

對於赫蘿的話語，卡拉斯花了幾秒鐘去思考含意。

赫蘿說過自己是賢狼。

此刻卡拉斯相信她真的是賢狼。

醒來後，對艾里亞絲溫柔一點好了。

卡拉斯覺得自己一定能夠躺在赫蘿的尾巴上睡得又香又甜，所以不禁在心中找了個藉口喃喃說道。

他瞬間掉進了黑暗深淵。

「那麼，接下來要……」

卡拉斯覺得好像聽見赫蘿這麼自言自語。

然而，他最後並沒有搞清楚是真的聽見赫蘿說話，還是自己剛入睡時在作夢。

卡拉斯覺得好像聽見赫蘿與艾里亞絲在說話。

雖然他聽不清楚談話內容，但至少能夠確定自己是在作夢。

因為赫蘿說過會在艾里亞絲醒來前叫醒他。

所以，當他躺在赫蘿蓬鬆溫暖的尾巴上猛然張開眼睛時，看見原先似乎一直看著他的艾里亞絲吃驚地縮起下巴；這時，他腦中最先浮現的一句話是「赫蘿妳這個大騙子」。

「既然賴床鬼起床了，那就出發唄。」

「……」

別說是要求賠罪了，就連想向對方問罪都沒辦法的卡拉斯被迫只能背起行李，於是三人便邁出步伐。

時間似乎真的只過了一下子而已，卡拉斯也覺得自己的睡眠時間，就像將小石子拋高，不一會就墜地似地短暫。

即便時間短暫，他依然覺得身體輕鬆許多，而艾里亞絲看起來也一樣。

只是，丟下露出小狗般依賴眼神的艾里亞絲不管，自己躺在赫蘿尾巴上睡覺的事實，讓卡拉斯很難感受到神清氣爽的感覺。

別說是神清氣爽了，剛踏出腳步時，他還抱著黯淡的心情，怨恨著不久前才讓他舒適地安眠的赫蘿尾巴。

卡拉斯不知道應該露出什麼表情向艾里亞絲搭腔，他不明白赫蘿為何不叫醒他。

他被這股陰鬱的心情壓得快喘不過氣，所以遲遲沒察覺到一件事情。

當他察覺到的那一瞬間，不禁驚訝地輕輕叫了一聲。

讓卡拉斯如此驚訝的原因只有一個，那就是艾里亞絲握著他的手。

「赫蘿小姐說，不可以把手放開。」

艾里亞絲認真地說道。

原本以為艾里亞絲絕對會生氣，但卡拉斯看見她沒生氣，當然偷偷在心裡安心地嘆了口氣。

「因為赫蘿小姐說這是神明給予的考驗。」

可是，艾里亞絲在說出這句話時，露出有些曖昧的表情瞥了赫蘿一眼。

卡拉斯思考了這句話的含意後，瞪起赫蘿左右甩動著的尾巴。

赫蘿真的是太多管閒事了。

走了一段路後，卡拉斯開始感到疲累，這些紊亂的思緒也被拋諸腦後。

三人沉默地走著，森林也是一片寧靜。

走在領主公館附近的森林裡時，卡拉斯不用走多久就會遇到各種動物；但是在這座森林裡，除了在池邊確實看見小鹿的蹤影之外，其他時候甚至感覺不到有動物存在。

卡拉斯隨便猜測著「或許這座森林本來就沒什麼動物」時，忽然抬起了頭。

他以為頭頂上方的聲響，是源自松鼠等眾多小動物在樹梢間穿梭的聲音。

直到籠罩自己的茂密樹林被倒下的樹木劃開一道縫隙，看見細雨從縫隙一點一滴地落下，卡

拉斯才發現是自己會錯意。

「下雨了啊。不過，雨勢這麼小，走在森林裡也不會被淋濕唄。」

如赫蘿所說，只是偶爾會有小雨滴落在鼻頭上，雨水並沒有從覆蓋在頭頂上方的茂密樹枝和樹葉之間的縫隙落下。

然而，自從得知下雨後，卡拉斯逐漸感覺到森林散發著詭異的寧靜感。

那不是在一片無聲中，哪怕一根細針掉落在遠處，也聽得見的安靜氣氛；而是耳朵彷彿被鉛塊蓋住似的死寂。

儘管清楚聽見自己的呼吸聲，卡拉斯卻聽不見身旁艾里亞絲的衣服摩擦聲。

他不禁覺得雨天獨有的詭異靜寂，讓四周的空氣變得沉重起來。

卡拉斯曾聽說，在雨天出生的小孩不會笑。

宅邸的人們老是說，負責管理蜜蜂巢箱的工人會那麼沉默寡言且冷漠，就是因為在濕漉漉的雨天中午出生的緣故。

森林裡依舊到處可見一片片綠色的樹葉和青苔，卻顯得有些朦朧。

毛骨悚然的氣氛，使得卡拉斯不禁稍微加重力道，用力握住艾里亞絲的手。

或許也感到了不安，她同樣加重了手的力道。

這時，卡拉斯忽然再次看見了那個存在。

在茂密樹林的背後，有一個地方勉強能看見那個存在的輪廓。

那個存在站在一座小小的山頭上，像是把卡拉斯當作稻草人似地俯視著他。

那是鹿。

赫蘿好像沒有察覺到的樣子，卡拉斯也認為是自己多心了。再次看去時，鹿已消失了蹤影。

一陣寒意襲來，卡拉斯不禁輕輕打了個冷顫。

他沒把這件事告訴不需詢問，也知道一定沒看過鹿的艾里亞絲。

在那之後，赫蘿與艾里亞絲果然也都沉默地走著。

彷彿被那沉默氣氛催促著似的，赫蘿逐漸加快了腳步。

卡拉斯心想，既然赫蘿說追兵沒有追上來，那應該慢慢走就好；但光想到要露宿在下著雨的森林，又不禁令他豎起全身寒毛。現在的狀況，就像要他選擇被追兵抓走，還是被黑暗森林抓走一樣。

雖然卡拉斯拉著艾里亞絲的手，想要勉強跟上赫蘿的腳步，但隨著時間拉長，艾里亞絲越來越疲累，腳步變得越來越慢。

赫蘿好幾次回過頭，一臉不悅地看向兩人。

她的態度讓卡拉斯想起在幾天前，自己也對艾里亞絲露出過同樣的表情。

所以，卡拉斯不再催促她，反而開口問道：

「艾里亞絲，除了海洋之外，妳還想看什麼？」

雖然卡拉斯這麼發問，但他自己也不是很了解世界上有什麼東西。

可以的話，卡拉斯想看一眼支撐天空的高大樹木長成什麼樣子，但他心裡明白那是不可能的事情。

「還想……看什麼嗎？」

雖然疲累，但艾里亞絲的語調聽起來還有那麼一點點活力。

最讓卡拉斯高興的是，艾里亞絲聽到他搭腔後，冷硬的表情裡明顯流露出鬆了口氣的感覺。

「聽說有會噴火的山，還有河川會從天空掉下來的地方喔。」

艾里亞絲在兜帽底下傾著頭。

她似乎有些無法想像那些畫面。不過，卡拉斯也不是很能夠想像，所以沒有責備她。

卡拉斯決定放棄信口開河，改說他知道的東西。

「嗯……那，妳看過麥田嗎？」

「麥田？」

「嗯，妳知道麥子嗎？」

艾里亞絲輕輕點了點頭。

「麥田就是有一大片結穗的麥子，那一帶就像一片金色的地毯。」

艾里亞絲似乎想像得出這樣的畫面。

她睜大眼睛看著遠方發愣，腳步一個不穩而差點絆倒。儘管一臉茫然，她還是像在做確認似地嘀咕著：「麥田……」

「從遠處看去時，麥田看起來軟綿綿的，會讓人很想跳進去。可是，真的跳進去後，才會發現麥田根本不是軟綿綿的。不止這樣，還會因為壓倒很多根麥子，被大人用棍子打一頓。」

聽到卡拉斯這麼說，艾里亞絲露出有些驚訝的表情，然後笑了。

那是一個大姊姊的笑臉。

「你有沒有好好反省？」

「反省了好久。」

聽到卡拉斯坦率地答道，艾里亞絲說了句：「既然這樣，神明也會原諒你的。」然後露出了微笑。

不知怎地，他無法凝視艾里亞絲的笑臉，於是急忙別過臉去，並尋找下一個話題。

「還、還有船呢？」

「我知道什麼是船。」

「咦？真的啊？」

卡拉斯險些說出「妳不是連海洋都不知道嗎？」但還是把話吞了回去。

「船是當世界被大洪水淹沒時，只載著心存正念的人們前往天國的交通工具。」

儘管腳步因疲累而不穩，說起話來卻一點也不慌亂的艾里亞絲，露出有些得意的表情。

談到與神明有關的話題時，艾里亞絲也會露出類似的表情。但卡拉斯不是很喜歡看見她這樣的神情。

不過，卡拉斯喜歡她現在顯得有些得意的少根筋表情。

「我所知道的船不會在空中飛耶。」

「？」

艾里亞絲一臉愕然地反注視著卡拉斯。卡拉斯並非對世界所有的船都很熟悉，艾里亞絲的目光讓他感到有些不安。不過，他先把視線移向不停在前方走著的赫蘿背影，然後這麼回答：

「船是浮在河川或是湖泊上，總之就是浮在水上，然後用來載人或搬運馬匹的東西。」

「浮在水上？」

「沒錯。」

「不會沉下去嗎？」

雖然卡拉斯第一次看到船時，也覺得船不會沉下去很不可思議，但他實際看過不會沉的船，所以這回能夠挺高胸膛回答。

不過，想到艾里亞絲相信船在空中飛，卻懷疑船能夠浮在水上，卡拉斯不禁覺得有趣。

「不會。就算船上堆了很多要好幾個人才能夠好不容易舉起來的笨重麥袋，也不會沉下去。」

聽到卡拉斯的話語後，一臉懷疑的艾里亞絲稍微嘟起漂亮的嘴唇，說了句：「不可以說謊。」

艾里亞絲似乎以為卡拉斯在捉弄她。

她的話語讓卡拉斯心癢難耐，忍不住笑了出來。

「我沒有說謊，因為我真的親眼看過。」

「說不定那是惡魔的伎倆。」

「那，如果妳看到船真的浮在水上怎麼辦？」

艾里亞絲不禁啞口無言。

在她心裡，似乎有很容易接受他人意見的部分，也有頑固到底的部分。

卡拉斯覺得現在是她會頑固到底的時候。

身為穩操勝算的一方似乎讓他有了優越感，這時卡拉斯覺得艾里亞絲意氣用事的模樣非常地可愛。

「如、如果浮在水上……」

「然後呢？」

卡拉斯一邊笑，一邊注視著艾里亞絲說道。她見狀，也就變得越來越沒自信，最後輕輕低下頭，別開了視線。

不過艾里亞絲的優點，就是不會做出逃避事情的惡劣行為。
她抬高視線輕聲回答：
「我會道歉。」
「那，就這麼說定了喔。」
卡拉斯想像著艾里亞絲道歉時，自己露出笑臉心胸寬大地原諒她的畫面，不禁偷笑了起來。
因為面對艾里亞絲時，一直沒什麼機會占上風，真期待她道歉的那天快點到來。
卡拉斯一邊這麼想著，一邊沉浸在讓人飄飄然的對話餘韻中時，赫蘿忽然停下腳步看向他。
卡拉斯猜測著赫蘿該不會又想捉弄他而有所戒心，但隨即發現赫蘿臉上露出與以往不同的認真表情。
「汝等難得有這麼好的氣氛，咱實在也很不願意破壞。」
然後，赫蘿簡短地說道。
「因為怕說了，汝等會很焦急，而汝等一焦急，就會不小心受傷，所以咱一直沒說。不過，狀況似乎已不允許咱繼續保持沉默。」
卡拉斯擦去額頭上的汗水，他有種不好的預感。
「有追兵追上來了。」
「咦？」

卡拉斯不由地嘀咕道，艾里亞絲也抬起了頭。

「可、可是，剛剛不是說追兵沒有追上來……」

「是沒錯。」

儘管卡拉斯以有些責備的口吻說道，赫蘿卻只是點了點頭，似乎並不在意的樣子。

不過，聽到赫蘿接著說出的話語，他才明白赫蘿不在意並非因為她胸襟寬闊，而是因為這點瑣碎小事不值得在意。

「人類的追兵沒有追上來。」

卡拉斯腦中閃過幾天前，他們被狼群攻擊時的景象。

「咱一直覺得奇怪。這麼一大片森林，應該住著與其規模相當的森林主人，而這個主人卻沒有出現……再說，追咱們的那些傢伙不可能突然折返。也就是說……」

赫蘿環視四周一遍後，在濃得嗆人的森林氣息之中，深深嘆了口氣。

然後像個小孩子一樣噘起嘴巴說：

「那些傢伙可能被森林的住民所迷惑，或是……」

赫蘿的話語，引來了不知誰在低吼的聲音。

卡拉斯這麼想著，才察覺那是從頭頂上方傳來的雷聲。

「森林的住民？」

不安與恐懼使卡拉斯無法保持沉默，於是隨便找了個問題發問。但赫蘿只是搖了搖頭，沒有好好回答他的問題。

赫蘿幾乎像在自言自語似地開口說：

「咱是賢狼赫蘿吶。咱只需靠著智慧和言語，就能夠讓大部分的事情順著咱的意思發展。可是，對方很會耍小聰明。咱們最好能夠迅速穿過森林……再說，咱再厲害，也不可能控制得了天氣。」

赫蘿抬頭仰望頭頂上方喃喃說道。卡拉斯看向身邊的艾里亞絲，稍微加重力道握住她的手後，點了點頭。

「對方該不會是鹿吧？」

聽到卡拉斯的話語後，赫蘿微微睜大眼睛，然後點了點頭。

「汝看見了啊？」

「是的。我去取水的時候，還有剛剛也看見了。那隻鹿只是一直看著我，動也沒動。」

赫蘿皺起眉頭，然後搔了搔臉頰。

她的尾巴看似不悅地甩動著。

「對方很陰險，預料不到會做出什麼舉動。就算告訴汝等要小心，也不可能防得了對方。不過，總比什麼都不知道，就突然遭到攻擊的好唄？」

聽到赫蘿喃喃說出的話語後，艾里亞絲縮起身子看向卡拉斯。

從赫蘿的話裡聽不出她的自信。如果卡拉斯也表現出不安的模樣，那還有誰能夠保護艾里亞絲呢？

卡拉斯兩腳用力踩踏地面，勉強擠出笑容說道：

「放心，比起鹿，狼更加凶猛。」

雖然卡拉斯不確定自己有沒有成功擠出笑容，但看見赫蘿噗嗤笑了出來後，便告訴自己應該是成功了。

赫蘿粗魯地摸了一下卡拉斯的頭。雖然這樣讓卡拉斯在艾里亞絲面前有些沒面子，但他還是感到有些開心。

「人類的小孩真的成長得很快。」

赫蘿一邊看著艾里亞絲，一邊說出這句話。

卡拉斯不明白赫蘿為何對著艾里亞絲說這句話，而艾里亞絲也沒有點頭或搖頭。

不過，艾里亞絲露出有些像是在忍耐的表情，直直注視著赫蘿。

「總有辦法的唄，又不是只有咱們碰上麻煩的雨天。」

赫蘿以自信滿滿的笑容回應艾里亞絲的表情，接著仰望頭頂上方。

濃密的樹葉傘似乎快擋不住雨水了。

就像待在到處都會漏雨的寮舍裡面一樣，雨滴開始頻繁地落下。

「好了，走吧。」

說著，赫蘿走了出去。

儘管音調很平穩，她的腳步卻顯得焦急。

呼！呼！呼！

喘了三口氣後，卡拉斯動著喉嚨把喪氣話吞下肚。

然後再喘三口氣，他已經不記得自己反覆做了多少遍這樣的動作。

他早就丟開會造成沉重負擔的葡萄酒。好不容易裝滿皮袋的水，也倒掉超過一半的份量。

森林裡開始下起大雨。艾里亞絲脫下絆腳的長袍，把它蓋在頭上。

方才談話的愉快氣氛早已完全散去。

從艾里亞絲的臉上，卡拉斯能充分看出她甚至想捨棄蓋在頭頂上的長袍，好讓身體輕快一些的心情。

艾里亞絲因腳步不穩而跪在地上的次數，也已經多到兩隻手都數不完。

她非常地努力。

但是在她的剛毅表情中，開始參雜一些想要依賴人的神色。這對漸漸失去耐性的卡拉斯來說不再是喜悅，而是淪為沉重的負擔。

每次不是拉手，而是拉著手臂讓艾里亞絲站起時，卡拉斯總會說的這句話，也從激勵變成了近似祈禱的話語。

「加油。」

卡拉斯知道艾里亞絲的腳步會逐漸變得不穩，不單只是因為疲憊。她腳底一定長了水泡，而水泡一定也早就破了。

雨勢變得越來越強，卡拉斯不禁有著走在河川淺灘上的錯覺。森林裡到處形成了小河川；在有些深度的窪地裡，則是出現無數被綠色圍繞的茶色水池。

卡拉斯好想早一刻抵達城鎮，一邊坐在暖爐前取暖，一邊啜飲熱騰騰的麥粥。

每走一步路，卡拉斯想要擺脫追兵、或想要保護艾里亞絲的想法就變得越來越微弱。不管走了多久，還是看不到森林的出口。森林裡也因為厚重雲層覆蓋著天空，加上茂密的樹木遮擋，變得相當昏暗。

天黑後走在下雨的森林裡，是這世上屈指可數的恐怖之事。

赫蘿說過事到緊要關頭有她在，卻完全看不出她有什麼好的解決方法。

「赫蘿小姐！」

來到森林裡的空地時，卡拉斯終於忍不住呼喚了赫蘿的名字。

「……」

赫蘿沉默不語地回過頭。她的肩膀隨著呼吸上下擺動，看得出來她的疲憊。

「我已經……」

卡拉斯沒有接著說出「沒力氣走下去了」這句話。他努力撐著就快坐下來的艾里亞絲，直直地看著赫蘿。

赫蘿是活了好幾百歲的精靈，她曾自信滿滿地表示「事到緊要關頭時，咱會幫忙想辦法處理」。

現在不就是所謂的緊要關頭嗎？

看到卡拉斯以眼神哀求，一直注視著他的赫蘿把淌著水滴的瀏海往後撥，然後壓低視線說：

「抱歉。」

「咦？」

「抱歉。」

卡拉斯想著是不是自己聽錯時，赫蘿重複一遍說：

卡拉斯一臉呆然地杵在原地不動。他一邊抱著痛苦地靠在他身上的艾里亞絲，一邊反問：

「抱、抱歉什麼？」

「咱可能沒辦法救汝等。」

「怎——」

卡拉斯說到一半停了下來。

他並不是因為看見艾里亞絲癱軟在地，也不是因為看見赫蘿一臉悲痛地咬著嘴唇，才停止說下去。

而是他感覺到一股不知名的強烈寒氣，從地面猛烈地爬上雙腳，讓他覺得背脊就快凍結。

在豪雨之中，卡拉斯聽見了奇怪的聲音。

分不出是「咕嚕」抑或是「噗嚕」的聲響傳來。那聽起來有些像下大雨時，泉水滿溢出來的聲音。

或許是名為恐懼的泉水湧出的聲音。

筋疲力盡的艾里亞絲似乎也聽見了聲音。卡拉斯感覺得到，她在扭轉身子回頭看時，倒抽了一口氣。

卡拉斯害怕得不敢回頭。

雖然不敢回頭，但卡拉斯發現掌握不到狀況、停在原地不動的感覺更恐怖。

「……」

於是，他轉過頭去。

卡拉斯不覺得視線前方的「那個」是突然出現的。

而是原本就在那個位置。

就像巨木、像巨石、像山一樣，一直都在那個位置。

「……啊……」

卡拉斯的膝蓋發抖、呼吸暫停，並且反過來貼住原本靠在他身上的艾里亞絲。

這時的卡拉斯根本顧不了會不會出糗、或顯得沒出息的問題。

在他視線前方的，是甚至能夠輕易踩扁牛隻、不抬頭仰望就無法看見的一頭巨鹿。

『——』

卡拉斯不知道巨鹿說了什麼。

不過，那像是雷聲在洞穴裡響起般的聲音，已經足以令卡拉斯失去理性。

巨鹿擁有讓人無法想像的壯碩體格，兩顆如黑月般的眼睛。

以及長在頭上、彷彿要刺穿天空似的大角。

卡拉斯隔了好一會兒後，才發現自己早已癱坐在地。

『——。——』

巨鹿嘴裡雖然沒有尖牙，但有著一整排如石臼般的牙齒。巨鹿每次開口說話，就會發出咯吱咯吱、彷彿能夠磨碎岩石般的堅硬聲響。

要是頭部被巨鹿含在嘴裡，肯定轉眼間就會被咬得粉碎。

卡拉斯只能在腦中浮現這樣的想法，像個呆子一樣仰望著巨鹿。

「所謂美好的旅行……」

卡拉斯之所以回過神來，是因為有人這麼說著，然後把手放在他肩上。

「是因為遇見好的旅伴。」

卡拉斯仰望著赫蘿，她的側臉顯得非常精悍，尾巴強而有力地甩動著。

巨鹿把視線移向赫蘿，散發著巨大的壓迫感，慢慢把臉貼近赫蘿。

『——！』

巨鹿強烈的鼻息將雨滴全部吹散，在這瞬間，森林裡甚至停了雨。

當卡拉斯察覺時，周遭已出現了一群注視著這裡的鹿。

現場瀰漫著要是應答錯誤，不是立刻被踩扁，就是頭被咬斷的緊張氣氛。

即便如此，赫蘿還是毫不畏縮地露出自信滿滿的笑容。

「——，——」

赫蘿那無法理解、彷彿只有動物才聽得懂的言語，似乎讓巨鹿認為她在挑釁，而讓四周掀起了一陣騷動。

『——……——』

看見巨鹿一邊發出「咯！咯！」的尖銳磨牙聲，一邊拉近距離，卡拉斯保持屁股著地的姿勢往後退。

他之所以沒有忘記拉著艾里亞絲往後退，不是為了救她，而是需要一個能夠攀附的東西。

赫蘿回過頭來，然後快嘴地說：

「這些傢伙似乎是看咱不順眼。」

赫蘿微微傾著頭，然後一副感到傷腦筋的模樣笑著擺動耳朵說：

「咱把汝等帶進來卻起了反效果。」

『喔喔喔喔喔喔喔喔喔喔!!』

巨鹿發出讓人聯想不到是發自動物、彷彿大地在顫動似的咆哮聲。就在那瞬間——

「這趟旅程真的很愉快，但離別總是來得很突然。汝等快逃——」

赫蘿看似感到過意不去的笑臉，深深烙印在卡拉斯的腦海裡揮之不去。

他不確定自己花了多久時間，才掌握到發生了什麼事情。

但他至少知道，原本離得相當遠的巨鹿在轉眼間拉近距離，用鼻子勾起赫蘿的嬌小身軀拋了出去。赫蘿的身軀被輕而易舉地甩到空中後，巨鹿便用與外觀不符的迅捷動作追了上去。

赫蘿的身體撞斷樹枝，像開玩笑似地一樣越飛越遠。

她飛過了陡峭的坡面，在那前方可能有沼澤。

巨鹿一副不把山坡看在眼裡的模樣跳了過去。

轉眼間，一躍而下的巨大身軀消失在山坡另一端。下一秒鐘，地面晃動了一下。當卡拉斯察覺到地面是因為巨鹿著地而晃動時，隨即傳來巨鹿那宛如巨大石臼般的牙齒在咀嚼東西的「咯吱咯吱」巨響。

卡拉斯不知道自己是否在哭泣。

他只知道發生了他不想去思考的可怕事情。

咯吱咯吱的聲響持續傳來，最後終於安靜了下來。

包圍住卡拉斯兩人的鹿群一動也不動。

下一秒鐘，咆哮聲再次響起。

「嗚啊～～～～！」

卡拉斯尖叫著，像在游泳似地跑了出去。

那個自己說年長卡拉斯兩百歲、幫卡拉斯趕走狼群、有時捉弄卡拉斯、有時三兩下就說服艾里亞絲、有時分麵包給卡拉斯、有時教他金錢知識、明明長得嬌小卻有著可靠肩膀的赫蘿，在一瞬間消失了。

這個事實足以讓卡拉斯忘卻一切逃跑而去。

他在河川般水流經過的小道上，用盡全力跑了起來。

卡拉斯腦中一片空白，但至少知道要逃，而他也確實拚命地在逃。跑了幾步路就趴倒在地，跌倒後又抓住取代拐杖的棒子，站起身子繼續逃跑，接著又趴倒在地——他不停地重複著這樣的動作。

卡拉斯不想死，不想被那可怕的牙齒咬死。

他的膝蓋癱軟，身體無力地向前傾倒，最後整張臉直接泡在泥濘之中。

我不想死。

恐懼感讓卡拉斯從泥濘之中抬起頭，回頭看向後方。

於是，那光景映入了他的眼簾。

巨鹿宛如從深沉惡夢中探出頭來的馬妖似地緩緩動身，眼看就要爬上山坡頂端；而另一邊是被留在原地、縮成一團的白色身影。

就算全身沾滿泥垢，從遠處看過去的艾里亞絲身影依舊像隻小羊。

「艾里……亞絲……！」

卡拉斯發出沙啞不成聲的聲音。

就算他在心中祈禱艾里亞絲能夠站起身子逃跑，艾里亞絲的雙腳也不會長出翅膀助她站起。

卡拉斯並不確定艾里亞絲是暈厥過去，還是如往常一樣，因為不知道發生什麼狀況，而茫然不解。

如果是茫然不解，那這樣也好；如果沒有因為害怕而哭泣，那這樣也好。

不知怎地，這麼想著的下一秒鐘，卡拉斯不禁沒出息地揪起了臉。

因為他看見艾里亞絲轉過頭，臉上露出害怕的神情。

『喔喔喔喔喔喔喔喔喔！』

巨鹿第三次發出咆哮聲。

因為巨鹿的身軀實在太過龐大，導致山坡小規模地崩塌，讓巨鹿稍微後滑了一下。

牠方才似乎就是為此感到憤怒而咆哮。

快！趁現在行動還來得及。

只要站起來，朝向這邊跑十步路就好。

卡拉斯在心中如此吶喊，但看見完全沒打算站起來的艾里亞絲，不禁感到一股胸口快被撕裂似的憤怒與焦急。

不，卡拉斯是知道的。

他知道這股憤怒與焦急，是在責備沒有立刻前去搭救艾里亞絲的自己。

『──……！──……！』

巨鹿不知大叫著什麼。

卡拉斯摀住耳朵，牙齒不停打顫。

原本一直凝視著卡拉斯兩人的鹿群，稍微縮小了包圍網。那舉動就像要把兩人趕出森林似地。也像要把沒能逃跑的人永遠關在森林裡一樣。

「艾里亞絲！」

卡拉斯認為這是最後的機會，終於大聲喊了出來。巨鹿的巨大前腳踏在山坡頂端，以彷彿要踏平山坡似的動作抬起身軀。察覺到巨鹿的舉動後，艾里亞絲轉頭看向後方。

然後，再次轉頭看向卡拉斯。

朝向卡拉斯緩緩伸出手。

「卡拉斯……」

卡拉斯覺得好像聽見艾里亞絲這麼低聲呼喚了他。

下一秒鐘，巨鹿緩緩抬起前腳。儘管乍看之下，會覺得巨鹿還踩不到艾里亞絲，但艾里亞絲確實就位於那隻巨蹄的落下處。附著在腳上的雜草和泥巴發出「啪噠啪噠」的醜陋聲響，有如死神的唾液般滴落在艾里亞絲身後。

艾里亞絲一直看著卡拉斯。

「艾里亞絲！」

卡拉斯想也不想地衝了出去。

他眼裡只看得見艾里亞絲，甚至不知道自己是在奔跑，還是飛到半空中。他以飛撲的姿勢抱住艾里亞絲，然後在自己也完全不知道如何辦到的情況下，抱著她迅速逃開。

下一瞬間，隨著讓人睜不開眼睛的劇烈衝擊襲來，巨鹿猛力踩下了前腳，四周的一切全都飛散開來。

「……」

對於艾里亞絲此刻不在巨鹿腳下，而在自己懷裡的事實，卡拉斯只想得到以「奇蹟」兩字來形容了。

他弓著背，抱著艾里亞絲向前奔跑，雖然總算拉遠了一些距離，但終究還是跌倒了。

卡拉斯急忙起身，看見緊閉雙唇的艾里亞絲顫慄著，交叉起雙手開始祈禱。

祈禱中的艾里亞絲一意識到卡拉斯的存在，就把額頭貼在他的胸前。

卡拉斯反射性地抱住艾里亞絲的柔軟肩膀，並且加重了雙手的力道。

一定要保護艾里亞絲。

因為……

因為她的肩膀是如此地柔軟。

「沒事的。」

卡拉斯喃喃說道，然後深呼吸一口氣。

這時巨鹿已經來到了連覆蓋牠全身、根根如繩索般粗大的濃密剛毛都看得一清二楚的距離。雖然兩人與巨鹿之間多少還保有一些距離，然而，不抬頭仰望就無法看見的巨鹿，這時瞪大了眼睛看向卡拉斯。

巨鹿用牙齒發出「咯咯」聲響，並甩了甩頭。

英雄只需靠拳頭就能夠擊碎岩石，要是給他一把劍，就是要打倒龍也不成問題。然而，卡拉斯手中只有取代拐杖的木棒，他甚至不知道自己怎麼有辦法一直握著木棒沒鬆手。即便如此，卡拉斯仍覺得會有辦法解決。他心想，如果只是設法讓艾里亞絲一人逃跑，應該不會太困難才對。

卡拉斯第一次體會到勇氣不是原本就擁有的東西，而是像在榨取菜籽油一樣，勉強擠出來的東西。

「艾里亞絲，站得起來嗎？」

在卡拉斯懷裡發抖的艾里亞絲抬起頭，隨即一邊咬著嘴唇，一邊點了點頭，那模樣十分符合她柔中帶剛的作風。

「那，站到我後面。」

艾里亞絲沒有詢問理由，取而代之地在臉上浮現擔心至極的表情，但最後還是保持沉默。

為了不要刺激到巨鹿，艾里亞絲靜靜地移動身子，繞到卡拉斯後方。

「等一下我站起來的時候，妳馬上逃跑。」

「咦?可、可是……」

「放心，因為我知道有英雄打倒巨人的故事。」

卡拉斯沒有說謊。

他聽過有一個頭頂著天空、手臂有河川那麼長、腳大得踩不進任何一座湖泊的巨人，被一個英雄打倒的故事。

比起故事裡的巨人，只是身軀比較大的鹿沒什麼好怕的。

沒錯，一點都不可怕。

「我會把目標放在眼睛，攻擊鹿的大眼睛。牠的眼睛要是瞎了，應該就沒辦法追我們。放心，妳看牠眼睛那麼大，很容易打中的。」

卡拉斯說罷，動了一下臉頰和嘴唇。

他不知道自己有沒有順利露出笑容。

即便聽到卡拉斯這麼說，艾里亞絲還是一副欲言又止的模樣。看見她思考了一會，隨即打消念頭似地緩緩點頭的模樣，卡拉斯知道自己一定順利露出了笑容。

「那，準備跑了喔?」

卡拉斯用拐杖拄著地面，然後深深吸了口氣。

艾里亞絲伸手觸摸著卡拉斯的背，這讓卡拉斯覺得有股力量透過她的手心傳了過來。

或許是感覺到這方的氣魄，巨鹿甩了甩頭，然後緩緩壓低身軀。

巨鹿散發出讓人恐懼的壓迫感。

故事裡的英雄不會因為這樣而害怕。

「我們要一起看海洋喔。」

卡拉斯丟下這句話後，站起身子跑了出去。

巨鹿的身軀大得驚人，卡拉斯的木棒根本搆不著巨鹿眼睛的高度。

不過，他相信一定找得到機會。

一定會有像巨鹿對待赫蘿那樣，把臉貼近的瞬間。

隨著巨鹿抬起巨大的腳，四周的空氣也被吸了過去。

卡拉斯向側面一跳，不讓自己也被捲進去。

巨鹿再大，終究只是隻鹿。

牠就這麼將腳一踏，在卡拉斯身側濺起大量泥水。

「看招！」

卡拉斯大大地揮動木棒一吼，巨鹿隨即以驚人的速度收回踩下的腳。

儘管因為動作過大而失去重心地向前撲倒，卡拉斯卻一點兒也不慌張。他內心深處堅信，現

在感到恐懼的一定是巨鹿。

巨鹿這回沒有抬腳，而是彷彿要踢開小石子似的往前踢出腳。

然而，或許是巨大身軀形成了阻力，卡拉斯順利地閃過巨鹿緩慢踢出的腳。

沒什麼好怕的，根本一點兒都不可怕。

不過是一隻體積龐大的鹿而已。

卡拉斯全力揮出的木棒，擦過巨鹿的腳好幾次。

雖然難以置信，但卡拉斯確實與巨鹿勢均力敵地打鬥。

從巨鹿的巨大齒縫裡，噴出了濛濛白煙。或許是卡拉斯不停四處逃竄，讓巨鹿追得累了。誰叫牠的身軀實在太龐大了。

卡拉斯也感到疲累。他緊握木棒的手早已麻木，手臂肌肉變得僵硬緊繃，甚至快分不清楚哪個部位是木棒，哪個部位又是自己的手臂。

與他對峙的巨鹿，站在只要直直撲來，就能撲倒卡拉斯的位置。

據說只要把鹿怪的角磨成粉來吃，就能得到森林的智慧。如此神奇的鹿怪用著如黑暗深淵般的眼睛凝視著卡拉斯。

鹿怪正在思考。

牠在思考什麼呢？

卡拉斯這麼想著。隨即，巨鹿瞪大眼睛移動了視線。

巨鹿的視線，停留在交叉雙手正在祈禱的艾里亞絲。

卡拉斯感到一陣反胃，艾里亞絲竟然沒有逃跑。不，她或許是連逃跑的體力都沒有了。

艾里亞絲察覺到了巨鹿的視線。

巨鹿採取了行動。牠轉動脖子面向艾里亞絲，像馬匹一樣用前腳踢蹬地面三次，接著壓低了鼻頭。

「——！」

卡拉斯不知道自己說了什麼。

他的身體像是有人從背後用力推了一把似的，自己動了起來。

卡拉斯單手握著木棒全速奔跑。雖然地面上有無數樹根、積水、以及巨鹿踩過而形成的凹洞，但卡拉斯完全無視這些存在，只看著巨鹿的眼睛向前奔跑。

然後，他面對彷彿整座山就快動了起來似地準備向前撲去的巨鹿，使出渾身的力量撲上牠的臉孔。

同時，就像故事裡的英雄握持長槍，刺向巨人的眼睛那般，卡拉斯丟出了右手的木棒。

「啊啊啊啊！」

「啪」的一聲悶響傳來。

聽見聲音從右手臂的方向傳來，卡拉斯以為自己的手臂斷了。

因為完全沒想到要以什麼姿勢著地，所以卡拉斯在身體擦過巨鹿下巴後，直接一頭栽進了草叢之中。

雖然卡拉斯瞬間就快暈厥過去，但因為聽見背後傳來龐大物體倒下的驚人巨響，所以保住了意識。

可能是因為疼痛難耐而痛苦掙扎，巨鹿發出令人汗毛豎起的咆哮聲，不停跺著腳，發出了「咕咚咕咚」的聲響。

掙扎好一會兒後，卡拉斯抬起了頭。他在試圖站起身子，卻又滑倒的巨鹿背後，看見注視著巨鹿發愣的艾里亞絲。

「艾里亞絲！」

卡拉斯一邊呼喊，一邊跑到艾里亞絲身邊。艾里亞絲吃驚地看了他一眼後，又把視線移回巨鹿身上。

「艾里亞絲，快逃！」

「可、可是，牠的眼、眼睛……」

對於沒多久前才殺死赫蘿，現在還企圖殺害她的巨鹿，艾里亞絲竟然還在擔心牠的眼睛！看著心腸軟過頭的艾里亞絲，讓卡拉斯覺得好笑得都不知道該怎麼發脾氣。

不過，卡拉斯一點也不覺得生氣。
因為這就是他所認識的艾里亞絲。
「快點！要是被追上，就真的沒輒了！」
卡拉斯說完話的同時，巨鹿發出更為響亮的咆哮聲。
他嚇得回過頭看，發現巨鹿因為踩了個空而跌落沼澤之中。
如山崩般的聲音響起後，傳來肚皮隨之震動的巨響。
「哈哈哈，太好了！來，艾里亞絲，我們走吧！」
「咦？啊，可、可是……」
卡拉斯跑到艾里亞絲身邊拉起她的手，她卻不肯站起身子。
艾里亞絲臉上的表情，像是因為雙腳被埋進土裡而感到傷腦筋似的。
「妳走不動了嗎？來！」
卡拉斯伸出原以為鐵定骨折了的右手臂，繞到艾里亞絲的右手臂下方，將她的身體托起，接著把左手臂繞到她的雙腳膝蓋底下。
英雄總是像這樣輕易地抱起公主。
雖然一臉困惑，但艾里亞絲像已經練習了好幾遍似地，讓身體順利倚在卡拉斯身上。
「呃、唔！」

比起如岩石般扎實地綁在一起的麥桿堆，艾里亞絲的身體簡直輕如棉花。話雖這麼說，要這樣抱著艾里亞絲奔跑，果然還是太勉強了。他一邊大罵自己不停顫抖的膝蓋，一邊一步步走了出去。

希望能就這麼抱著艾里亞絲，逃離巨鹿的魔掌，然後走出森林抵達城鎮。

卡拉斯在心中這麼嘀咕，並咬緊牙根，讓左手臂使力抱住艾里亞絲慢慢滑落的雙腳。

對於赫蘿的死，卡拉斯感到很遺憾。

雖然卡拉斯討厭被捉弄，但赫蘿的出現，讓他覺得像是突然多了個姊姊。

卡拉斯打算等到了城鎮，好好恢復體力後，再回來尋找赫蘿的屍體，為她埋葬。當然了，如果再遇到巨鹿，卡拉斯不會只刺傷眼睛就放過牠。

儘管艾里亞絲的雙腳已經滑落到地面，卡拉斯的左手臂卻完全無法使力，雙腳也像被樹根纏住般的沉重，完全動彈不得。

即便如此，卡拉斯還是認為，自己慢慢前進的方向，一定會通往腦海裡描繪的美好未來。

「不、不要、不要再……」

聽到勉強攀附在自己身上，話中帶淚的艾里亞絲這麼說，卡拉斯輕輕笑了笑後，終於肯停下腳步，對她回答：

「抱歉，妳先逃吧。」

卡拉斯用了最後的力氣說完，隨即癱倒在地。

他覺得好像聽見遠方傳來咕咚一聲，但無奈一半的臉都陷在泥濘之中，就是想動也動不了。

「──！──！」

儘管覺得艾里亞絲好像在喊叫著什麼，但卡拉斯已經完全聽不到聲音。

他只感覺得到從天而降的雨水如滾水般灼熱。

「快逃。」卡拉斯喃喃說道。

妳先逃，我們晚點在城鎮的旅館會合吧。

在意識逐漸模糊之中，卡拉斯自覺對艾里亞絲這麼說了。

至少要讓艾里亞絲活下來。

因為……

卡拉斯閉上了眼睛。

因為我是這麼地喜歡艾里亞絲。

★

好香甜的味道喔。

這是什麼食物的味道啊？

奇怪，怎麼感覺好熟悉卻又想不出來。

明明知道這味道是自己很喜歡的東西，卻完全想不出那東西是什麼。

還有，這裡是哪裡啊？

這裡黑漆漆一片，什麼都看不到。

身體動彈不得，感覺好像泡在很重很重的水裡面。

即便腦中浮現很多念頭，注意力還是一下子就被香甜的味道拉去。算了，管它這裡是哪裡。

只要能夠一直沉浸在這香甜的味道裡頭就好了。

這香甜的……

「咦？」

卡拉斯跳起來的瞬間，短短地大叫了一聲。

他用盡全力轉動脖子，以無法好好聚焦的眼睛，拚命地尋找那個存在。

當卡拉斯看見那個存在時，差點哭了出來。不過，他告訴自己，那是因為突然張開眼睛跳起來才會想哭。

「艾里、亞絲……」

「早、早安。」

艾里亞絲嚥下一口口水，動作有些不自然地說道，然後輕輕伸出手。

「你……會不會不舒服？」

艾里亞絲的白皙手指碰到卡拉斯的臉頰時，卡拉斯感到身上一陣劇痛，不禁發出呻吟聲。

隨即，艾里亞絲一副像是觸摸到火焰似的模樣抽回手，然後一臉泫然欲泣地向卡拉斯道歉。

卡拉斯也伸手觸摸自己的臉。

他發現臉部處處腫脹，手上也滿是擦傷。

「哈哈哈！慘不忍睹。」

說罷，卡拉斯露出了笑容，整張臉也隨之抽搐不已。艾里亞絲見狀，原本擔心的表情慢慢化為笑臉。她笑出聲音，然後哭了起來。

「哇，啊，不……欸，別、別哭啊。」

卡拉斯慌張地抱住艾里亞絲雙肩，並撫摸她的頭。

他很訝異自己竟然下意識地做出這樣的舉動，同時也很高興見到艾里亞絲完全沒有露出厭煩的樣子。

「我沒事的，放心吧。嗯？」

卡拉斯安撫著抽抽噎噎地哭個不停的艾里亞絲說道。艾里亞絲先是點了好幾次頭，然後又哭了起來。

搞不太清楚狀況的卡拉斯，只好先等待她哭完。

這時，卡拉斯總算開始注意起四周的景象。

他心想，這是哪裡啊？

藉由從背後照進來的光線，卡拉斯看見眼前有一片長了薄薄一層青苔、像黑色木牆的牆壁。在光線所及的範圍內環視四周一遍後，卡拉斯發現這裡似乎是個洞穴，也看見腳邊鋪了滿滿的乾草。他目前至少能夠確定的是，這裡不是城鎮。

這到底是怎麼回事啊？

在卡拉斯這麼想時——

「唔。」

傳來了熟悉的聲音。

「咦？」

卡拉斯勉強轉身，結果身體因為艾里亞絲緊貼在他身上而失去平衡，整個人一下子往後倒了下去。

「好痛……」

說著，卡拉斯打算挺起身子。但因為即使往後倒下，艾里亞絲仍然緊貼在他身上，所以想動也動不了。再說，卡拉斯也有些捨不得改變現狀。艾里亞絲看起來纖瘦，卻意外的有份量。在她的壓迫之下，卡拉斯保持仰臥的姿勢，茫然地望著天花板。這時，那個存在突然跳進他的視野裡，一張難以置信的面容倒映在他眼中。

「呵，抱歉打擾汝的愉快時光。」

「啊、啊、啊……」

「怎麼著？起床的擁抱只有一人不夠嗎？」

卡拉斯讓依舊愛捉弄人的話語從左耳進、右耳出，然後大聲說出心中的話：

「赫蘿小姐！」

「……不用這麼大聲，咱也聽得很清楚。」

儘管看見赫蘿不悅地皺起眉頭，卡拉斯還是毫不在意地繼續說：

「可、可是，為什麼？那個，赫蘿小姐您……」

「汝以為咱死了啊？」

赫蘿露出一臉驕傲的笑容說道。那笑臉給人一種就算被殺，也絕對死不了的感覺。

即便如此，那令人豎起汗毛、彷彿石臼互撞似的聲音，到現在仍清晰地縈繞在卡拉斯耳邊。

卡拉斯一直以為赫蘿肯定被咬死了。

「咯咯，聽到了嗎？」

赫蘿一邊說，一邊轉過身子時，光線忽然被遮住了。

卡拉斯完全不知應該如何形容這時受到的驚嚇。

那頭企圖殺害他們的巨鹿，突然無聲無息地在赫蘿後方的洞穴入口現身。

理應已被卡拉斯刺傷的巨鹿之眼，看起來依舊如研磨過的黑曜石般美麗。巨鹿那大得驚人的眼睛與卡拉斯對上視線後，眨了一次眼，那或許是在打招呼吧。

『勇氣……可嘉的……人類之子。好幾百年……不曾這麼……開心過了。』

巨鹿笨拙地說道，然後扭曲著嘴巴。

當卡拉斯察覺到那是巨鹿的笑容時，頓時感到胸口一熱。

「該、該不會……！」

卡拉斯推開艾里亞絲的雙肩，看見她臉上淌著淚，並且露出感到過意不去的表情。

「大笨驢，汝想責怪誰啊？」

被赫蘿輕輕頂了一下頭後，卡拉斯把視線移向赫蘿。巨鹿此時已不見了蹤影，或許是把頭縮了回去。

「不過，鹿兒們因為太無聊，太過賣力地演出這點確實有些超乎預期。真是的，害咱想阻止都不好意思阻止。」

赫蘿一副感到傷腦筋的模樣笑著這麼說時，遠方傳來短短一聲咆哮。

卡拉斯心想，原來這一切都是赫蘿一手安排好的。

得知真相後，他也開始覺得一切確實像是安排好的。

巨鹿踩下腳的動作明明很緩慢，閃躲木棒時卻很敏捷。

可是，這麼一來就表示巨鹿抬高腳時，艾里亞絲在底下露出的表情也是假的？

卡拉斯帶著遭到背叛的心情看向艾里亞絲，結果再次被赫蘿頂了頭。

「在這種狀況下，汝還懷疑那個啊？真是個大笨驢吶。」

赫蘿這次很用力地頂了頭，卡拉斯感到腦袋瓜一陣抽痛。

思考了赫蘿的話語後，他覺得艾里亞絲當時的表情是真實的。

即便知道那是巨鹿在演戲，或許艾里亞絲還是真的感到害怕。

如果換成是卡拉斯，就算知道不會有危險，面對那氣勢十足的演技也會嚇得腿軟也說不定。

而且，看了艾里亞絲現在的表情，發現她好像真的覺得很過意不去。

看見艾里亞絲這樣的反應，雖然不知道她與赫蘿什麼時候達成協議，但卡拉斯猜測應該是赫蘿提出的主意。

卡拉斯這才明白，原來整個過程只有不知情的他單打獨鬥。

「咯咯，不過，汝表現得很英勇。嗯？」

赫蘿蹲下身子，她用手肘倚著膝蓋托起臉頰，不懷好意地笑笑。

她的視線看著艾里亞絲。

艾里亞絲擦了擦眼角，然後點了點頭。

「對不起……我一直瞞著你……可是……」

說著說著，艾里亞絲又哭了出來。

卡拉斯的怒氣已經全消了，他握起艾里亞絲的手說：

「算了，已經沒事了。這不重要，妳能平安無事就好了……」

「……嗯。」

然後，就在艾里亞絲點頭的那一刻，淚珠隨著滴答一聲落下。這一幕讓卡拉斯不禁感到心頭一陣麻癢。

「啊！」

「唔？」

「那，追兵呢？」

「追兵？」

卡拉斯只抬起頭發問，卻聽到赫蘿這麼反問，接著還看到她彷彿在說「糟糕」似的表情。

「該、該不會連這個也……」

「呵呵呵呵。」

赫蘿笑了出來，尾巴還不停發出「啪唰啪唰」的聲響。

卡拉斯把視線移向艾里亞絲，看見她再次露出感到過意不去的表情。

他原本支撐著頭部的頸部霎時感到無力，腦袋瓜「叩」地一聲撞上地面。不過，他已經完全不在乎了。

「好了，不要一直待在這黑漆漆的地洞裡睡覺，出來外面唄。外面可是人類很難得能親眼目睹的森林聖域。」

赫蘿站起身子，然後扭動脖子發出喀喀聲響。

「森林聖域？」

「嗯，外面的景色堪稱壓軸唄？」

赫蘿對著艾里亞絲說道，艾里亞絲用力地點了點頭。

看她的反應，外面的景色似乎真的很壯觀。

「太陽早就爬上山頂了。咱們就一邊曬太陽，一邊聊聊汝的英勇事蹟，然後討論接下來要怎麼安排唄。當然了——」

赫蘿叉起腰，甩了一下尾巴接續說：

「這得要是三人之旅。」

然後，赫蘿不懷好意地笑笑，腳步輕快地離去。

看見赫蘿平安無事，卡拉斯當然覺得高興。

只是，想到未來的日子赫蘿還有可能演戲騙人，他就不禁感到疲累。

不過，他還是想看看赫蘿口中說的森林聖域。

森林聖域究竟是什麼樣的地方呢？

「森林聖域啊。真的有那麼壯觀嗎？」

在艾里亞絲的攙扶下，卡拉斯坐起身子問道。艾里亞絲遲疑了一會兒後，點了點頭。

「是喔……」

因為腦中浮現了一個想法，使得卡拉斯覺得有些不是滋味。

「不過……」

艾里亞絲說著，直直凝視著卡拉斯。

卡拉斯不禁感到胸口一痛，他知道胸口肯定不是因為受傷而疼痛。

現在的他知道胸口疼痛的原因。

「我比較想……看到海洋。」

聽到艾里亞絲這麼說，卡拉斯怎麼可能忍住不笑。

他忘卻臉頰的疼痛笑了出來，並點了點頭。

艾里亞絲說完後，隨即像在確認什麼似地瞥了卡拉斯後方一眼。雖然覺得後方好像有誰對這裡點了點頭，但他並不在意。

或許有個愛管閒事、頭腦聰明的人指示艾里亞絲這麼說，但卡拉斯相信艾里亞絲說的話之中沒有虛假。

因為存在卡拉斯心中的信念足以讓他這麼相信。

「那，我們走吧？」

卡拉斯握住艾里亞絲的手，並站起身子說道。

然後，就在卡拉斯轉過身的那一刻，看見尾巴甩了一下，隨即消失在洞外。

那是柔軟蓬鬆、散發香甜氣味的尾巴。卡拉斯不禁心想，要是赫蘿因為過分捉弄人而主動道歉，那就要求赫蘿讓他再次睡在尾巴上。

因為睡在赫蘿的尾巴上實在太舒服了。

卡拉斯轉過身在心中這麼嘀咕。

「咦？」

聽到艾里亞絲這麼反問，卡拉斯以為自己不自覺地說出內心話而嚇了一跳。不過，他一言不發地走了出去。

卡拉斯緊緊握住艾里亞絲的手，朝著充滿陽光的洞外走去。

人家說「熊掌與魚不能兼得」。

可是，一邊是狼，一邊是羊耶……

「我可以猜猜你在想什麼嗎？」

從卡拉斯身後，傳來了話中帶刺的冷漠話語。

卡拉斯害怕得不敢回頭。

取而代之地，他在視線前方難以描繪、如樂園般美景的陽光灑落處，看見一邊曬太陽，一邊豎起耳朵偷聽的赫蘿捧著肚子哈哈大笑。

完

蘋果的紅、天空的藍

羅倫斯察覺到四周突然靜了下來，於是抬起了頭。

然而，溫暖的陽光和城鎮朝氣蓬勃的喧嘩聲，依舊從敞開的木窗流瀉進來。

怎麼會覺得突然變安靜了呢？這麼想著的羅倫斯一邊整理眼前的羊皮紙束，一邊扭動脖子發出喀喀聲響。

羅倫斯環視四周，尋找著變得安靜的原因，很快地看見了那名少女。

少女坐在床上擦著嘴，而原因八成就是她。

「妳從剛剛吃到現在啊……吃了幾顆？」

少女——赫蘿擁有貴族都羨慕不已的美麗亞麻色長髮。她先是微微動了動在她頭上，人類所不會有的動物耳朵，跟著屈指算了算後，緩緩回答：

「十……七、不對，十九唄。」

「還剩多少？」

這回，赫蘿搖著會讓皮草商垂涎三尺的尾巴開口回答。

不過，她的模樣像隻挨了罵的小狗。

「……八……」

「八？」

「八十……一。」

聽到羅倫斯嘆了口氣，赫蘿馬上換了個表情瞪向羅倫斯。

「咱說過會全部吃完。」

「我可什麼都還沒說。」

「那這樣，汝嘆完氣打算說什麼？」

過了一會兒，羅倫斯說：

「妳吃得完嗎？」

雖然感受得到赫蘿的尖銳視線，但羅倫斯一副不以為意的模樣重新面向前方。在他打算用繩子綑起羊皮紙束時，想起自己的左手受了傷。

前幾天發生騷動時，不夠機靈的羅倫斯被人用刀子刺傷了。

不過，多虧發生這場騷動，讓他與旅途中偶然相遇的赫蘿，建立了用金錢買不到的關係。

這麼一想，就覺得左手受傷很值得；羅倫斯在心中這麼嘀咕，從椅子上站起來。

房間角落放了四只木箱，木箱裡裝著確實可以用「堆積如山」來形容的蘋果。因為請款書上寫了「蘋果一百二十顆」，所以加上今天吃的，赫蘿總共吃了三十九顆。

就算赫蘿再怎麼喜歡吃蘋果，想在爛掉前全部吃完，恐怕也不是那麼容易。

「沒必要為了這種事情意氣用事吧？」

「咱沒有意氣用事。」

「真的嗎？」

聽到羅倫斯又這麼問了一次，據說走過比他多了幾十倍歲月、寄宿在麥子裡且能夠隨意控制麥子豐收、高齡數百歲的巨狼化身，此時就如同她的外表般，像個小孩子一樣別過臉去。

然而，就這麼別著臉沉默了一會兒後，赫蘿終於還是無力地垂下了狼耳朵。

「……老實說……咱有點膩了……」

因為知道如果笑出來，赫蘿絕對會生氣，所以羅倫斯一臉同意地說：「我想也是。」

「不管妳有多愛吃，這數量也太多了。」

「不過……」

「嗯？」

「不過，咱絕對會吃完。」

赫蘿沒有露出懾人的目光，而是一邊投來像是抱著雄心壯志似的目光，一邊如此說道。

雖然突如其來的變化讓羅倫斯不禁感到驚訝，但很快地察覺到赫蘿的心情。

赫蘿在未徵得羅倫斯的同意下，擅自用他的名字買了一百二十顆蘋果。這數量絕不算少，而蘋果也絕不算是便宜的水果。

然而，赫蘿這麼做並非為了自己的利益或慾望。

或許聽起來很不可思議，但為了令兩人之旅能夠繼續下去，讓赫蘿大手筆地浪費羅倫斯的金錢是必要的。

兩人之所以結伴旅行，是因為赫蘿原本被束縛在一個盛產麥子的村落，她為了回到北方的故鄉，便拜託羅倫斯為她帶路。

然而只靠單純的理由，往往不夠令事物得以運轉。

對於赫蘿買了蘋果一事，羅倫斯一點兒也不生氣。事實上，赫蘿買的還不只有蘋果，她甚至擅自買了一身相當高級的衣服。即便如此，對羅倫斯而言，赫蘿的這般舉動仍然是他求之不得的事情。

只是，就算彼此在這方面都已有了默契，擅自簽下合約的赫蘿，似乎還是覺得自己應該負一些責任。

羅倫斯並非為了玩樂而旅行、遊手好閒的貴族公子；而是為了賺錢，每天都得奔走風塵的旅行商人。

赫蘿一定是明白這樣的狀況，才會自覺要負一些責任。

赫蘿自稱是賢狼。

話雖如此，但她還真是一隻愛操心的狼；這麼想著的羅倫斯都快忍不住笑了出來。

「不過，妳也不用這麼拚命啦。」

羅倫斯從堆積如山的蘋果堆裡拿起一顆蘋果，繼續說：

「一直吃新鮮蘋果，再怎樣也會吃膩吧。其實蘋果可以有很多種吃法的。」

然後，羅倫斯正準備咬一口外皮吹彈可破、肥碩飽滿的蘋果，卻被赫蘿用眼神制止了。

儘管眼前有吃都吃不完的蘋果，赫蘿似乎還是不願意與別人分享。

「如果妳有滅亡的一天，那元兇肯定就是蘋果。」

羅倫斯笑著丟出蘋果。赫蘿一接住，立刻一臉不悅地咬了一口。

「那，汝說有很多種吃法是哪些吃法？」

「這個嘛，比方說拿來烤。」

赫蘿拿開嘴邊的蘋果，凝視羅倫斯好一會兒後，露出不快的眼神說道：

「想捉弄咱是嗎？那汝應該做好心理準備了唄？」

「妳引以為傲的耳朵不是能夠辨別人類的謊言嗎？」

聽到羅倫斯這麼說，赫蘿的耳朵像被人用手指彈了一下似的直直豎起，然後一臉不甘心地呻吟說：

「拿蘋果來烤……咱實在無法想像。」

「哈哈，我想也是。我說的拿來烤不是串在樹枝上直接火烤，而是像烤麵包一樣放進麵包窯裡面悶烤。」

「唔。」

光聽到描述，赫蘿似乎很難想像那畫面。她一邊咀嚼蘋果，一邊傾著頭。

「妳吃過蘋果做成的派嗎？」

對於這個問題，赫蘿也搖了搖頭。

「這樣啊。應該拿實物給妳看比較快，只可惜現在沒有。就是烤過後，蘋果會變成軟綿綿的。形容得噁心一點呢，就像快要爛掉、糊成一團的感覺。」

「喔。」

「不過，就像快要爛掉的水果最好吃的道理一樣，烤過的蘋果也好吃得不得了。吃了新鮮蘋果不是可以止渴嗎？可是烤過的蘋果就會因為太甜，吃了反而口渴。」

「唔……喔。」

赫蘿故作鎮靜地說道，但尾巴好不忙碌地左右甩來甩去。

雖然赫蘿平時總是靠著她機靈的頭腦和嘴巴玩弄羅倫斯，但一提到食物，她可就沒輒了。

而且，就算嘴上逞強，她的耳朵和尾巴還是會表現出最真實的心情。

「反正呢，蘋果本來就很好吃，所以不管怎麼料理都好吃。不過，一直吃甜的也會膩吧？」

赫蘿的尾巴突然停止甩動。

「鹹味十足的肉跟魚，哪個好？」

她沒停頓半秒地回答：

「肉！」

「那這樣，晚餐就——」

羅倫斯說到一半停了下來。因為他與跳下了床，急忙準備穿起長袍的赫蘿對上了視線。

「妳現在就要去了啊？」

「不去嗎？」

已經吃了那麼多蘋果，赫蘿嬌小的身體怎麼還有辦法塞下其他東西？雖然羅倫斯覺得難以置信，但隨即想起，赫蘿的真實模樣是一隻能夠把羅倫斯整個人吞進肚子裡的巨狼。

雖然不願意去想，但赫蘿的胃容量似乎和她變回原形時一樣大。

「我再問妳一次，妳真的吃得完那些蘋果嗎？」

「聽汝剛剛說了那麼多，咱更有信心了。放心唄。」

赫蘿迅速穿上長袍，跟著纏上腰帶，轉眼間已經做好出門的準備。

雖然中午剛過不久，但羅倫斯決定乖乖死心。

因為他知道不可能說服得了赫蘿。

「沒辦法，反正我剛好要辦點事情，那就走吧。」

「嗯。」

不管有沒有可能說服得了，只要看見赫蘿點了個頭，露出少女般的天真笑容，羅倫斯就拿她沒輒了。

以一個從十八歲就獨自行商了七年的孤單男人來說，看見這般笑容後，怎麼可能事到如今還出爾反爾。

看著赫蘿留下比蘋果更甜的甜美笑容，一副迫不及待的模樣朝向房門走去的背影，羅倫斯腦中浮現這樣的想法。

不過，萬一被赫蘿發現他這樣想，肯定又會遭到一番捉弄。

羅倫斯輕咳一聲，也跟著做好外出的準備，並準備追上赫蘿時，突然停下了腳步。

因為羅倫斯發現赫蘿打開房門後，就用一副開心的表情看著他。

「偶爾露出那樣的笑容也不錯唄？」

羅倫斯當然知道赫蘿是為了換換口味不想再吃蘋果，才會露出那樣的笑容，只是赫蘿那壞心眼的本性，實在讓他忍不住想搖頭嘆息。

跟在赫蘿後頭走出房間後，羅倫斯對著自大的狼女反擊說：

「妳真是狡猾得一點都不可愛。」

赫蘿一副受不了羅倫斯的模樣，回頭說道：

「汝希望咱說汝可愛啊?」

羅倫斯聳聳肩表示投降，而赫蘿則是笑得樂不可支。

河口城鎮帕茲歐位於斯拉烏德河的中游，在此處處可見擁擠的人潮。

明明沒有舉辦祭典，也不是在準備戰爭，卻有很多人慌慌忙忙地穿梭其中。

街上可見牽著家畜的農夫、背著商品的旅行商人，以及穿著整潔、看似出來幫主人買東西的小伙子，還有或許是很久沒有走入人群，站在人潮之中一臉困惑的修道士身影。

就像俗話說「只要有三條路交叉，就會出現市集」的道理一樣，城鎮裡交錯著無數條道路，還有多過道路數量的各種訪客穿梭其中。

不過，想必沒有人會料到有一個非人類的狼女混在人潮之中吧。

「更何況她的外表怎麼看都像個修女。」

「唔?」

赫蘿回過頭，回應羅倫斯的自言自語，嘴裡還咀嚼個不停。都已經吃了那麼多蘋果，赫蘿一看到賣葡萄乾的攤販，就立刻露出博人同情的乞憐眼神，要羅倫斯買給她吃。

「我是說不敢想妳的餐費會花掉多少錢。」

「哼。那，咱看起來像個修女有什麼不方便嗎？」

明明聽得很清楚，方才還刻意反問，赫蘿這般壞心眼的表現讓羅倫斯不禁露出苦笑。

「就旅行而言不會不方便，應該說反而更方便。」

「喔。不過是有沒有披上長布的差別而已，沒想到會有這麼多狀況。人類的世界果然還是這麼奇怪吶。」

「狼如果披上羊皮，也會有比較方便的時候吧？」

赫蘿思考了一會兒後，看似開心地笑著說：

「如果披上兔皮，像汝這種人很快就會掉進陷阱唄。」

「若是如此，我就會在陷阱裡放蘋果。」

看著嘟起嘴巴，繼續咀嚼葡萄乾的赫蘿，羅倫斯忍不住笑了出來。

在羅倫斯的行商生活中，他開口不是自言自語，就是與人商談。像這樣的互動，是他之前所無法擁有的樂趣。

況且，如果談話對手和自己旗鼓相當，那更是樂趣無窮。

「總之，還是有不方便的時候。尤其是對妳而言。」

「嗯。」

赫蘿似乎光是聽語調，就能立即判斷對方是在開玩笑還是認真說話。她走在羅倫斯身旁，沒

有玩鬧地再次仰望羅倫斯。

「如果修女太明目張膽地在大白天裡喝酒，會惹來很多不必要的麻煩。就算酒吧的人會睜一隻眼閉一隻眼，喝酒時也要時時刻刻掛念這件事，妳說這樣感覺會好嗎？」

「嗯，這樣就像在隨時可能斷掉的吊橋上喝酒一樣。」

赫蘿能夠在瞬間做出這樣的比喻，不禁讓羅倫斯感到佩服。

「而且，世上很多城鎮都有各種不同的風俗民情。尤其是到了北方，在有些地方還絕對不能打扮成修女。」

「那要怎麼辦才好？」

「至少帶著一套看起來像城鎮女孩的衣服，會比較安全吧。」

赫蘿順從地點了點頭，跟著把剩下的葡萄乾全部塞進嘴裡。

「既然這樣，要不要在吃飯前先買好衣服吶？要是心裡惦念著沒辦好的事情，飯也會變得難吃唄。」

「感謝妳的善解人意，讓我省掉很多解釋的時間。」

「汝以為咱會要求先吃飯喝酒啊？咱沒有離譜到那麼愛吃東西。」

看見羅倫斯一副彷彿在說「誰知道」似的模樣聳聳肩，赫蘿感到無趣地舔了舔手指。

「哼。汝都這麼體貼咱了，咱當然要順著汝的意思。」

赫蘿沒有看向羅倫斯。她直直看向道路前方，語調沉穩地說罷，隨即露出淡淡的笑容嘆了口氣。

「為了買件衣服，搬出這麼誇張的理由。汝以為咱會沒發現嗎？」

羅倫斯用手摀住了嘴巴，但這麼做不是因為他差點驚訝地發出聲來。

他是因為感到有些難為情。

「呵。不過，咱就不客氣地讓汝買衣服給咱好了。畢竟冷颼颼的冬天就快到了吶。」

「我是覺得妳客氣一下比較好。」

赫蘿像個搗打了他人的淘氣小鬼似地，露出了自覺得意的笑臉，隨即她動作迅速地扣住羅倫斯的右手手指。

羅倫斯知道赫蘿是以自己的方式在替他擔心荷包。不過，身為一個男人經常讓對方替自己擔心荷包，未免也太難為情了。

還有，賢狼似乎早就識破了羅倫斯的內心掙扎。

看來想要走在赫蘿前面，憑羅倫斯的經驗還差得遠了。

「天氣冷得咱手發冰吶。」

羅倫斯當然不會打從心底相信赫蘿這句話。

不過，商人都是靠著扯謊在做生意。

「是啊，天氣很冷。」

「嗯。」

明明彼此都知道是謊言，羅倫斯卻覺得比說出真話更加難為情。

兩人在人群雜沓的街上，共享著藏在謊言深處的小小秘密。

這種感覺比順利完成生平第一筆大生意，把表面刻有頭戴月桂樹女王肖像的金幣收進荷包時更痛快。

「啊。」

然而，沉醉在這般思緒當中的羅倫斯突然察覺到一件事，把他從甜美夢境中拉回煩囂喧鬧的街上。

「怎麼著？」

「沒……錢。」

赫蘿先是一臉呆然，接著她沒有浮現受不了的無奈眼神，而是用帶著鄙視意味的目光盯著羅倫斯。

說了半天，赫蘿在這方面還是跟隨處可見的城鎮女孩沒什麼兩樣。

當城鎮女孩得知原本以為人家會買東西給她卻不能買時，就算那樣東西有多麼地不重要，也會變得比商人更執著。

這是羅倫斯經歷七年行商生活學習到的一件事。

「不過，為了名譽我得先說清楚，我說的沒錢不是妳想的那種沒錢。」

「嗯？」

「我的意思是沒有零錢……」

羅倫斯一邊說，一邊打算拿出懷裡的荷包時，想起左手受了傷而不能動。

雖然有些可惜，但羅倫斯盡量裝出若無其事的樣子鬆開赫蘿的手。

「沒錯，果然沒有。」

解開裝有貨幣的皮袋確認後，羅倫斯這麼說。

「俗話說大能兼小。又不是沒現金，是唄？」

「俗話又說，殺雞焉用牛刀。妳上次要買麵包時，我不是也說過了嗎？」

「唔，找錢的問題啊。」

「看來要先去換一下錢。不然要是在服飾店裡掏出金幣，不知道老闆會擺出多臭的臉。」

「嗯……可是，汝啊。」

羅倫斯重新綁上皮袋口，把皮袋纏回腰上時，赫蘿主動搭腔。

「金幣的價值真有這麼高嗎？」

「嗯？那當然啊。比方說我腰上的盧米歐尼金幣就能夠換到三十五枚左右的崔尼銀幣。如果

不投宿旅館也不喝酒地節儉過活，一枚銀幣要活七天綽綽有餘。妳想想看，這樣的三十五倍價值會有多高。」

「……的確很有價值。可是這樣的話，收到金幣也不會頭痛才對啊？」

羅倫斯看向走在身旁的赫蘿，也猜到她接下來會說什麼。

「衣服跟蘋果不一樣，應該是用金幣一枚或兩枚來計算的東西唄？咱買這件衣服時，店家也說要兩枚金幣。」

據說民眾會化身為暴徒襲擊富裕貴族的住家，很多時候是因為一句無關緊要的話。

羅倫斯心想所謂「一句無關緊要的話」一定就是像赫蘿說的這句話，不禁露出苦笑。

「妳以為我會買很多件這麼貴的衣服給妳啊？如果每件衣服都這麼貴，城裡有一大半的人都得光著身子了。」

一件長袍竟然要價兩枚金幣，服飾店老闆在寫請款書時，一定也半信半疑地在猜測赫蘿到底有沒有辦法付錢。更不可思議的是，服飾店老闆竟然沒有要求在公證人見證下簽訂合約。

而且，赫蘿不只買了兩件這麼貴的長袍，還自己配了絲質的腰帶。

不過，服飾店老闆可能以為赫蘿是某處貴族私設的修道院修女，所以才不覺得她是在惡作劇的小孩子。

「唔……這件有這麼貴啊……」

說著，赫蘿一邊捏著披在身上的長袍，一邊垂下了頭。不過，羅倫斯怎麼可能不知道赫蘿是故意裝可憐。

「沒錯。所以，以後只能買很寒酸的衣服。」

赫蘿聽了立刻嘟起嘴巴，一副感到無趣的模樣抬起頭說：

「咱是約伊茲的賢狼吶。賢狼怎麼能夠穿寒酸的衣服，這有損咱的名譽。」

「可是人家說，真正的美女不管穿什麼都好看。」

赫蘿說不出話來而用力壓低下巴，儘管動腦思考了好一會兒，似乎還是沒找到反駁的話語。

結果她像個鬧起脾氣的小孩子似地，打了一下羅倫斯的右手。

「可是，要換錢啊……」

羅倫斯想到要換錢而輕輕嘆了口氣，根本沒有理會赫蘿。

把金幣兌換成銀幣時，除了必須支付金額不算少的手續費之外，重點是會讓人有種把金幣拱手讓人的落寞感。

有人開玩笑地說，商人是因為愛上金幣才會努力賺錢，而羅倫斯覺得這樣的形容不盡然是玩笑話。

然而，羅倫斯此刻面臨的不是這個問題，而是更大的麻煩。

在城鎮兌換貨幣時，一定會去找熟悉的兌換商兌換。如果去找第一次交易的兌換商，百分之

百會遇到詐騙而虧損。而且，一般認為這虧損的金額算是一種稅金，所以也無法舉發兌換商。面對這樣的狀況，兌換商公會的主張是「如果不想被詐騙，就想辦法變成兌換商的熟客」。

羅倫斯當然有熟悉的兌換商，所以也不用擔心這方面的問題。

他擔心的是完全不同方面的事情。

這個問題就是，羅倫斯熟悉的兌換商是個好色的傢伙；羅倫斯曾經帶著赫蘿去找過他一次，結果他一眼就迷上了赫蘿。

而且，赫蘿還表現得有些高興的樣子。

那也就算了。但沒想到，赫蘿還很樂見羅倫斯因為沒出息的雄性習性作祟，看見她與兌換商交談甚歡而心煩意亂的模樣。

可以的話，羅倫斯真的很不想帶著赫蘿去找兌換商。

「換錢啊。這麼一來……喔～」

這時，直覺敏銳的赫蘿察覺到羅倫斯的心態，一改態度地露出不懷好意的笑容。

「那麼，汝啊，快點把事情辦一辦唄。咱想快點喝到酒吶。」

赫蘿拉起羅倫斯的手，在熱鬧的大街上跨出步伐。

羅倫斯此刻的心情，比面對再困難的商談時都還要複雜。他嘆了口氣，看著那隻柔軟的手，不禁暗自詛咒起其主人的壞心眼。

「以今天的行情，一盧米歐尼正好可以兌換三十四枚崔尼銀幣。」

「手續費呢？」

「支付路德銀幣就收十枚，崔耶銅幣就收三十枚。」

「那我支付路德銀幣。」

「遵命。那麼……這些是您兌換的銀幣。唉喲，請小心。掉在地上的東西如果被人撿去，就會變成那個人的所有物喔。」

說著，兌換商細心地把銀幣放在對方的手掌心上，然後像在對待小孩子似地，用雙手包住放了銀幣的手掌心。

雖然羅倫斯遞出了一枚盧米歐尼金幣，但兌換商還是不肯鬆開包住對方手掌心的雙手。

不僅如此，兌換商甚至沒瞧過羅倫斯一眼。

「懷茲。」

喊了對方的名字後，他總算才把視線移向羅倫斯。

「幹嘛啦？」

「我才是客人吧。」

因為兩人的師父彼此非常熟識，所以羅倫斯與兌換商懷茲的交情已久。懷茲一副再刻意不過的模樣嘆了口氣，然後用下巴指著兌換台說：

「把金幣隨便放在台子上。你沒看到我現在很忙嗎？」

「你到底在忙什麼？」

「看也知道啊，我正忙著別讓這位姑娘不小心掉了銀幣。」

緊包著赫蘿的手不肯放的懷茲一說完，便露出笑臉面向赫蘿。

赫蘿也沒好到哪裡去，她一副害羞又顯得開心的模樣低下了頭，看得羅倫斯都快懷疑起自己的眼睛。

明明是懷茲與赫蘿兩人都演戲演得太誇張，在這裡唯一正經的羅倫斯，卻反而像個搞不清楚狀況的局外人。

「可是，先生啊。」

這時，赫蘿突然開口說話，懷茲立刻露出認真的表情，展現如精悍騎士般的神情。

「咱的手似乎拿不住這麼多銀幣。」

在羅倫斯說出「那當然啊。」之前，懷茲搶先回答：

「喔～赫蘿小姐，就是因為這樣，才需要我的手啊。」

赫蘿先是露出有些驚訝的表情，跟著一臉悲傷地說：

「可是這樣的話，先生這麼重要的雙手就做不了其他事情。」

懷茲搖了搖頭接著說：

「如果妳的手拿不住銀幣，我會很樂意奉上我的雙手。不過，我不會因為這樣而覺得困擾。因為我相信，我內心這股張開雙手都抱不住的灼熱愛意，赫蘿小姐一定會接受的。」

赫蘿像個害羞的貴族女孩一樣稍微別開臉，懷茲則是露出真摯的目光凝視著赫蘿。

讓人雞皮疙瘩掉滿地的台詞，加上讓人忍不住想要賞他們巴掌的肉麻互動。

雖然這些是短劇的必備元素，但看著兩人彷彿事先排演過似的演出，羅倫斯有種見識到何謂默契十足的感覺。

一股不是滋味的心情在他內心升起，怎麼樣也控制不了。

所以，他終於忍不住潑了冷水。

「銀幣放進袋子、金幣放進箱子，手上只能握住粗糙的銅幣。你忘記這句話了嗎？懷茲？」

成為兌換商的徒弟時，師父一定會最先教導這句話。這在貨幣市場裡，可謂基本知識中的基本知識。

想要破壞懷茲的興致，沒什麼比這句話更有用了。

不出所料地，懷茲總算鬆開赫蘿的手，然後搔了搔頭說：

「真是的。竟敢獨占這麼漂亮的女孩，也不怕被神明懲罰。你沒聽過『要懂得分享好東西』

這句話嗎？」

「你要我分給你啊？」

羅倫斯解開皮袋口，一邊把赫蘿手上的銀幣收進皮袋，一邊說道。原本輕輕笑著的赫蘿，也面無表情地瞥了羅倫斯一眼。

「兌換台上沒有借貸關係，只有讓渡與否。」

懷茲露出不像在開玩笑的認真眼神說道。羅倫斯把最後一枚銀幣收進皮袋後，對著懷茲露出笑容說：

「連這傢伙欠我的債務也會一起讓渡，這樣你也可以接受嗎？」

「唔。」

說著，懷茲壓低了下巴。

在那之後，他露出有些後悔自己聽到牽涉到金錢的話題後，不小心恢復本性的表情。

然而，懷茲畢竟是很懂得處理這種場面的人。

他立刻露出悲傷的表情對著赫蘿說：

「我沒辦法用價格來衡量妳的重要。」

儘管忍不住噗嗤一聲輕笑出來，赫蘿還是帶著充滿戲劇性的肢體動作回答：

「咱心中的秤子現在還一直擺動個不停。不過，絕對不會因為金幣的重量而傾向一邊……」

「我明白，這是一定的。」

說著，懷茲打算再次握住赫蘿的手，赫蘿卻閃過他的手說：

「怎麼可以觸碰擺動不定的秤子吶……先生，死相啦。」

聽到這句酒吧女孩會用來責備醉客的話語，懷茲露出了色瞇瞇的表情，連同樣身為男性的羅倫斯也都快看不下去了。

羅倫斯一邊在心中告誡自己絕對不要變成懷茲這樣，一邊夾雜著嘆息聲，為這場三流短劇拉下了布幕。

「好了，差不多該走了。」

「啊，喂！羅倫斯。」

「嗯？」

「你特地來兌換金幣，是要去買東西啊？」

「是啊，我們要去北方，所以要買一些衣服什麼的。」

懷茲的視線在空中遊走了一瞬間。

「現、現在要去買嗎？」

「是啊……」

羅倫斯說著看向赫蘿，結果發現赫蘿看似開心地笑了。

就算不像赫蘿那麼懂得識破他人心聲，羅倫斯當然也知道懷茲在想什麼。

「越晚買，價格就越高，不是嗎？所以我盡可能想在今天買好東西。」

「唔……」

雖然懷茲一副恨不得馬上關店，與羅倫斯兩人一起去買東西的表情，但他肯定有著無法取消的行程。

為了報自己沒幾分鐘前才被當成局外人的仇，羅倫斯說了句：「那我們先走了喔。」並準備轉身離去。

然而，赫蘿在這時從旁插嘴說：

「太陽下山後，兌換商還要工作嗎？」

在那瞬間，懷茲臉上像是寫著「我找到頭緒了」這幾個字，撲向前說道：

「兌換商如果在太陽下山後還拿天秤起來秤，那等於是詐騙。而我當然不是那種人。」

「汝啊，聽到了嗎？」

聽到赫蘿這麼說，羅倫斯當然沒辦法再堅持繼續滿足自己的小小復仇心。

而且，他本來就打算約懷茲一起去。

因為過著旅行生活的旅行商人，能夠在晚上一同喝酒的好友少之又少。

「買完衣服後，我們會先去酒吧。如果你工作結束後有空，就過來吧。」

「那還用說嗎?我的好兄弟!那,是去老地方的酒吧嗎?」

「我可不想在不熟的酒吧喝醉,那太可怕了。」

「好!我知道了!我一定會去,馬上就去喔!」

懷茲的這句話幾乎是對著赫蘿而說。周遭的兌換商們就算看見懷茲這副德性,也一副彷彿在說「又來了」似的模樣毫不在乎。即使羅倫斯兩人已經離開他的攤位,懷茲還是站起身子不停地揮手道別。

或許是覺得懷茲的樣子很有趣,赫蘿也面向懷茲不停揮手,直到看不見他的身影才停下來。走完密集排列著兌換商和金屬工匠地攤的整座橋面,赫蘿才總算面向前方。

「呵,果然如預想的一樣有趣。」

聽到赫蘿像喝到好酒時一樣的說法,羅倫斯除了嘆息,做不出其他反應。

「別讓他太信以為真,不然到時候會很傷腦筋的。」

「傷腦筋?」

羅倫斯聽過很多美麗修女踏上巡禮之旅,結果回來時的人數比出發時暴增許多的趣聞。

「因為會被人纏著不放。」

「咱早就被人纏著不放了。」

看到羅倫斯啞口無言,赫蘿壞心眼地露出一邊尖牙笑笑。

「那傢伙和汝不一樣，他知道這只是在逢場作戲。雖然捉弄汝也很有趣，但咱偶爾還是想跟有智慧的雄性玩鬧。」

雖然腦中浮現很多想反駁的話語，但羅倫斯一句話也說不出口。

想到自己對於商談以外的事情完全沒輒，他不禁覺得自己很沒出息。

「咱們彼此都知道是在逢場作戲，汝就別這麼認真好嗎？這樣換咱會不好意思吶。」

看見赫蘿做作地用手按住臉頰說道，羅倫斯也只能露出極其不悅的表情。

「不過，雖然那個叫什麼懷茲的傢伙比汝還會說話好幾倍，但咱活了這麼久，所以咱知道嘴巴說出來的話最不可靠了。汝在商場裡打滾，不會不懂咱的意思唄？」

突如其來的話語讓羅倫斯感到有些驚訝，他發現赫蘿臉上雖然掛著笑容，美麗的琥珀色眼睛卻不帶什麼笑意。

赫蘿在並非出自本意的狀況下，被村落的土地束縛了很長一段歲月，還被迫當什麼麥子的豐收之神。儘管村民們異口同聲地讚頌赫蘿，卻用鐵鍊套住赫蘿脖子，不讓她離開村落。沒想到到了最後，村民發現赫蘿不再有用處，還無情地翻臉不認人。

羅倫斯這麼一想，不禁覺得赫蘿的話語很沉重。

不過，正因為如此，他才會覺得赫蘿若無其事伸來的手如此地溫暖。

「是啊。畢竟只要是對自己有利，我也一樣願意扯一大堆謊。」

「不過，對咱沒用就是了。」

羅倫斯看出赫蘿驕傲地擺動著兜帽底下的耳朵，忍不住笑了出來。

「好了，我們去買衣服吧。」

「嗯。」

什麼樣的衣服會適合赫蘿呢？羅倫斯拚命地偽裝鎮靜，就怕被赫蘿識破他的想法。

基本上，像赫蘿先前買的那種一件要價一、兩枚金幣的衣服，都是全新的服裝。

然而，城鎮裡很少有人會穿全新的衣服。

一件衣服訂做好後，會被一直穿到破洞或磨破；就算變得破爛不堪，這件衣服也會以二手衣賣出，再經過一番整理重新變回商品。富裕商人訂做的衣服變成二手衣後，身價還不錯的商人會買來穿；身價還不錯的商人穿舊了後，再給男僕穿；男僕穿舊了後，會賣給剛入門當徒弟的工匠，或是捐贈給幾乎光著身子旅行的修道士。

最後，這些人都穿舊了的衣服會被收集破布的人收走，再賣給紙商人當材料。

想知道一個人的社會地位有多高，只要看他位於這種淘汰過程中的哪個位置，就能夠一目瞭然了。

事實上，花得起兩枚金幣訂做衣服是一件很了不起的事。羅倫斯自己訂做的衣服也只有前幾天發生騷動時，被赫蘿穿破的那一套而已。

真不知道赫蘿到底了不了解那套衣服的價值。

當兩人來到衣服淘汰過程中，位於相當低階位置的二手衣攤販前面時，赫蘿明顯露出不滿的表情。

「嗯……」

赫蘿嘴裡溜出不知是嘆息，還是嘀咕的聲音。她手上拿的，是想必用了熬煮樹皮而得的汁液染過色的茶色衣服。

不過，從那衣服的顏色看來，要說那是經過反覆清洗，最後仍然洗不乾淨的髒衣服顏色，也不會有人起疑。因為那衣服看起來實在太像破布了。

「這件四十路德。以這樣的價位來說，這件很耐穿的。」

赫蘿含糊地點頭回應店老闆的說明，把衣服放回陳列架上，從攤販前方往後退了三步。

赫蘿的舉動想必是在傳達自己「沒看到喜歡的衣服」的意思，看見她的舉止，羅倫斯不禁苦笑，心想這簡直就是貴族女孩的行為嘛。

「老闆，我們打算去北方，可以拜託您隨便搭配兩人份厚度夠又便宜的裝備嗎？」

「您的預算是？」

「兩枚崔尼銀幣。」

「好的，包在我身上。」

這個時期販賣的衣服不是日常生活中穿的衣服，而是為了禦寒、如麥桿堆般硬邦邦的衣服。這樣的衣服不會以顏色或款式為第一考量，只要能夠維持住衣服外形，盡量使用厚重的布料，再加上不會冒出蟲子，那就謝天謝地了。

這類商品是由以穿著厚重裝備、從北方來到南方的人賣出，再由即將前往北方的人買入。赫蘿方才拿在手上的破爛衣服，一定也往返南北好幾年了。

這類衣服不是以一件多少錢，而是以一堆多少錢來計價。

「上、下身搭配再附上兩條棉被，這樣您意下如何？」

「這個嘛……您應該看得出來我是個旅行商人吧。關於這次的行商之旅，我在這裡找到了配合往來的商行。不瞞您說，那家商行是米隆商行。」

聽到城裡數一數二的商行名稱，店老闆的臉頰抽動了一下。

這類二手衣店的老主顧，是以手頭寬裕的旅行商人為主。

「還有，我將來會一年拜訪這裡好幾次吧。」

如果這個老主顧能夠頻繁來到城裡，那更是好得沒話說。

二手衣生意的利潤好壞，並不是把衣服價格抬得越高越好，而是賣得越多越好。因此，店老聞聽到羅倫斯的話語時，臉上浮現了心滿意足的笑容。

「原來是這樣子啊，我明白了。那麼，就多加上這件外套，再附送一條棉被好了。當然了，這些商品都經過煙燻處理，保證兩年不會冒出蟲來。」

雖然那外套到處都是補丁，棉被也像壓扁再曬乾的麵包一樣硬邦邦的，但如果到了北方才調度這些東西，價格可就沒這麼便宜了。

羅倫斯一副很滿意的模樣點點頭後，伸出了右手。

握手的同時完成合約簽訂後，店老闆馬上拿起麻繩，開始忙著綑包衣服。

眺望著店老闆忙於打包的模樣時，羅倫斯忽然被人拉了一下衣角，於是回過頭去。

不出他所料，赫蘿果然是一臉不悅的表情。

「不是來買咱的衣服嗎？」

「是啊，怎麼了？」

羅倫斯一副「這還用說嗎？」的模樣回答後，赫蘿臉上瞬間少了生氣。

他看得出來，赫蘿儘管只對梳理尾巴感興趣，還是挺期待買衣服的樣子。

不過，她臉上的表情就有如浪潮般，退去時浮現的是失望之情，再次沖來時則是帶來了憤怒的神色。

「汝的意思是……要咱穿那些衣服？」

「要是妳覺得那件長袍就夠暖和，妳不穿我也不介意啊。」

不知道是擔心被店老闆聽見，還是純粹因為太過生氣，赫蘿用力把羅倫斯的衣角往下拉，跟著像在低吼似的壓低音量說：

「如果汝是在氣咱擅自花了汝的錢，就直說啊。咱可是賢狼赫蘿吶，咱不僅頭腦好、肚量大，鼻子更是敏銳。要是穿上那種東西，咱的鼻子會扭在一起。」

「多吃一些苦頭，說不定就能改掉妳那扭曲的個性呢。」

羅倫斯當場被赫蘿搥了一下胸口，他一邊輕輕咳嗽，一邊決定不要再捉弄赫蘿了。

「別生氣啦，讓我來解開謎底吧。」

羅倫斯以手勢制止就快露出尖牙低吼的赫蘿，然後對著正在出力綁緊衣服的店主人搭腔說：

「老闆，我有點事想跟您商量。」

「喝～～搞定。啊？」

「有沒有好一點的女裝？」

「女裝啊？」

「我要在北方城鎮穿也不會突兀的女裝，然後適合這傢伙的尺寸。」

「這傢伙」指的當然是赫蘿。

店老闆毫不客氣地打量著赫蘿，跟著也瞥了羅倫斯一眼。

此刻店老闆肯定是在腦中快速計算著利益得失。

他當然會考慮到羅倫斯的荷包飽不飽滿，甚至還會猜測赫蘿與羅倫斯的關係，以及羅倫斯願意為赫蘿花多少錢。

還有，店老闆也會大略盤算，如果這時只要以還算便宜的價格，把私藏的好貨賣給羅倫斯，表現出願意與羅倫斯打好關係的誠意後，未來能夠帶來多少利益。二手衣生意的客源雖多，但店家的競爭對手也很多。對店家而言，能夠多一個會因為行商之旅而頻繁來到店裡光顧的顧客，是非常了不得的事情。

明明打算來買赫蘿的衣服，卻來到賣一堆堆衣服的攤販是有原因的。

只要看到赫蘿身上穿的長袍，就是小孩子也能夠立刻看出那是高級品。帶著身穿高級品的人，來到販賣便宜二手衣的服裝店，就等於拿著牛刀準備殺雞。

交易的基本原則，就是立於比對手有利的地位。

「明白了，請稍候。」

店老闆用著比綑綁馬飼料還要粗魯的動作，把衣服和棉被綑在一起後，「咚」的一聲放在攤販的陳列架上，隨即向後方的商品堆伸出手。

這類攤販的生意竅門在於「快速進貨、快速脫手」。為了達到這個目的，就是採買來路不明的商品，也不會有所躊躇。

也就是說，商品裡頭會有很多贓貨，其中也夾雜了頗為高檔的衣服。

想要挖寶，這類商店是最好的選擇。

「這件怎麼樣呢？這是某位商家換季時拍賣的衣服。」

說著，店老闆拿出一件帶領襯衫和一條長裙，上下兩件都染成了藍色。

只要穿上這套服裝，再配上漂亮的白色圍裙，然後挺直背脊，轉眼間就能夠化身為名門世家的女僕。這兩件衣服既沒有褪色，袖口也沒有磨損，很可能是贓貨。

不過，就算是高級品，赫蘿也不見得看得上眼。

這麼想著的羅倫斯朝向赫蘿一看，發現她果然一副意願不高的樣子。

「您好像不太滿意的樣子呢。」

「咱不喜歡這種太刻意的衣服。」

如果赫蘿是生在貴族世家的女兒，應該會因為喜歡穿甲冑勝於漂亮衣裳，而成為鄰近地區談論的對象吧。

「咱喜歡簡單一點、方便穿脫的衣服。」

聽到赫蘿的話語，羅倫斯與店老闆互看一眼後，笑了出來。

女子光是脫衣服脫得快，就非常有魅力。

「如果是這樣……」

店老闆轉過身說道，再次在衣服堆裡尋寶。

如果要方便穿脫的衣服，那最好是像長袍那樣，只要披在身上就好的衣服。在這類衣著當中，有能夠讓赫蘿看起來像個城鎮女孩的服飾嗎？

羅倫斯一邊這麼思考，一邊注視著店老闆的背影。這時，他的目光忽然停留在一樣東西上。

「老闆，那件呢？」

「啊？」

店老闆兩手拿著薄外套回頭，然後順著羅倫斯指的方向看去。

看到的是——

柔軟皮革做成的茶色披肩。

「原來如此。您會看中這件，真是好眼光。」

雖然有一半埋在衣服堆裡，但店老闆動作輕柔地把它給拉了出來，如羅倫斯所料，那果然是一件披肩。

「這件是某位貴族大人穿過的上等貨呢。」

羅倫斯看向赫蘿，沒有理會店老闆的說明到底是臨時扯謊，還是實話實說，結果發現赫蘿似乎不討厭的樣子。

「這件皮革經過細心鞣製，您看，這收邊處理做得很好，就算用力拉扯也不會綻開來。還

有，最值得一瞧的就是這布鈕釦。只要披上這件披肩，然後戴上……這條……嘿咻！戴上這條為貴族大人家的傭人們專門訂做的三角頭巾，肯定能夠搖身一變成為城裡的招牌女孩。」

店老闆一邊誇張地做說明，一邊把披肩連同三角頭巾遞給羅倫斯，羅倫斯先稍微看了一下，才遞給赫蘿。

赫蘿用鼻子輕輕嗅了嗅後，嘀咕了句：「兔子啊。」

「妳怕會忍不住想吃掉啊？」

聽到羅倫斯這麼說，赫蘿沒出聲地笑笑，然後抬起頭說：

「咱喜歡這件。」

「老闆，這位小姐說喜歡這件。請問多少錢？」

「很高興為您服務。兩件加起來，我算算啊……就收您十枚崔尼銀幣。等一下，九枚就好了。」

店老闆提出的價格還算便宜。

或許他是為了與羅倫斯建立良好關係，先做一些投資。

不過，一定還有殺價的空間。

這麼想著的羅倫斯一露出不悅的表情，店老闆就立刻說：

「我明白了。就看在這位美女的份上，算您八枚。」

羅倫斯沒料到店老闆會這麼說，忍不住笑了出來。就在他準備說出「那就買了吧」的瞬間，赫蘿迅速地插嘴說道：

「既然這樣，就看在可愛的咱會穿上這些衣服給大家看的份上，算七枚好嗎？」

一臉呆然的店老闆，像是連呼吸都忘了似的僵住身子不動。直到他看見赫蘿微微傾著頭露出笑臉，才回過神來，用力咳了一聲。

年紀看起來足以當赫蘿父親的店老闆，居然還是不敵赫蘿的攻勢。

「我明白了，那就七枚賣給您吧。」

「謝謝。」

說著，赫蘿用力抱緊披肩和三角頭巾，然後露出笑容。店老闆見狀，再次咳了一聲。

自己靠著七年行商生活一路培養出來的交涉技巧，居然比不上赫蘿的撒嬌攻勢，羅倫斯只能站在一旁露出苦笑。

在那之後，赫蘿當場換了裝，也搖身變成十個人當中有十個人會回頭看她的城鎮女孩。

她在店老闆面前有技巧地戴上頭巾，沒讓耳朵露出來，看得羅倫斯都快看傻了眼。脫去長袍時也一樣，她先解開胸口鈕釦，讓長袍往下滑，然後像穿裙子一樣纏在腰上。最後將披肩披上，

如此一來就大功告成了。

因為羅倫斯知道赫蘿擁有非人類所有的動物耳朵和尾巴，如此精采的換裝表演，在他眼裡看來就像施了魔法一樣。

不僅店老闆給的評價很高，赫蘿也相當滿意自己的新造型。

皆大歡喜地離開攤販後，赫蘿忽然開口問：

「衣服這樣會不會太貴？」

「不會啊，以這樣的品質來說，七枚銀幣算是相當划算。」

雖然羅倫斯說出了真心話，走在他左側的赫蘿卻不太開心的樣子。

羅倫斯重新扛起右肩上的衣服堆，笑著反問：

「妳覺得自己還有辦法殺價啊？」

赫蘿笑也沒笑地緩緩搖了搖頭，然後靜靜地回答：

「如果買汝肩上扛的那種衣服，只要花這件披肩的十分之一價格就買得到唄？」

「是啊。」

羅倫斯明白了赫蘿在想什麼。

「其實我本來以為要花更多錢，所以妳不用在意啦。」

赫蘿輕輕點了點頭，但表情依舊黯然。

「只要妳以後少喝點酒，七枚銀幣一下子就回來了。」
「咱才不會喝那麼多。」
然後，赫蘿總算輕輕笑了笑。
「不過，妳那種強勢的殺價方式實在很沒品。」
「唔？」
「手腕再好的商人也沒辦法抵擋妳那種攻勢吧？」
「哼，誰叫雄性都是笨蛋吶。」
赫蘿臉上浮現像平常一樣的壞心眼笑容說道。一看見羅倫斯百般無奈地嘆了口氣，赫蘿便繼續說：
「汝肩上那些東西怎麼辦？要帶著直接去酒吧嗎？」
「這些啊？我不會帶去。」
聽到羅倫斯的回答後，赫蘿露出感到有些不可思議的表情說：
「如果要回旅館，不是應該走那邊那條路嗎？」
「不，我也沒打算拿回旅館。」
「唔？」
「這些東西要直接賣給別家服裝店。等到了更接近北方一些的城鎮，再買禦寒衣物都還來得

及。」

雖然羅倫斯只是據實做了回答，赫蘿卻像聽到什麼很離奇的事情似地，露出了愕然的表情。

「要賣掉……嗎？」

「是啊，用不到的東西帶著走也沒意義吧？」

「嗯……話是這樣說沒錯……可是，有辦法高價賣出嗎？」

「這就難說了。想要打平……應該難了點，可能會虧損一些吧。」

赫蘿一副覺得越來越不可思議的模樣傾著頭，那模樣看起來相當有趣。

「明明會虧損，卻要……賣掉……唔。」

「想不到原因嗎？」

「等一下，咱正在想。」

看見赫蘿認真思考了起來，羅倫斯笑著把視線移向秋天的天空。

天空如往常般一片淡藍，但此時顯得特別遼闊、特別透徹。

「唔……」

「要我揭曉答案嗎？」

羅倫斯把視線從看慣了的天空拉回身邊。隨即，在過去的旅途中，自己身邊所沒有的旅伴不甘心地發出了呻吟。

「其實也不是什麼了不起的伎倆，反而是妳的招數比較厲害。」

「唔……？」

說著，赫蘿有技巧地揚起一邊眉毛。羅倫斯當她是在表示投降，於是決定揭曉答案。

「這堆衣服總共花了兩枚銀幣。假設拿去其他服裝店以一半的價格賣出，那會虧損一枚銀幣。」

「嗯。」

「不過，這時候我們換個角度來思考。像妳身上穿的長袍，任誰看了都知道是高級品。照理說，穿這種高級品的傢伙不可能去到賣二手衣的服裝店買衣服。這麼一來，剛剛那家店老闆看到我跟穿著高級品的妳一起去買衣服，一定會想盡辦法跟我打好關係。那麼，這時候店老闆會怎麼做呢？」

赫蘿立刻回答說：

「賣汝便宜一點。」

「沒錯，從這點能夠引出什麼結論呢？」

自稱賢狼的赫蘿，這時將視線投向了遠方。

羅倫斯笑了笑後，接續說：

「買這堆衣服的時候，那家店老闆降了不少價。然後，接著買妳的衣服時，他也算便宜了很

多。店老闆會這麼做，是因為他判斷出只要在我面前表現慷慨，將來我就會再去買東西。畢竟我這個客人願意花兩枚銀幣跟他買幾乎算是破布的衣服。不過，我們前後買的兩種衣服的價差非常大。從這點能夠導出什麼結論呢？」

羅倫斯心想赫蘿腦筋轉得這麼快，想必很快就能夠找出解答。

然後，他在幾秒鐘後得知自己的猜測正確。

「也就是說……只要把汝賣掉那堆衣服的虧損，以及正因為汝買了那堆衣服，店老闆才降價的差額拿來比一比，就會知道即便賣掉那堆衣服有所虧損，整體來說還是賺到了，是唄？」

羅倫斯像是在稱讚她「表現得很好」似地，用左手撫摸赫蘿的頭，結果被赫蘿毫不客氣地打了一下，不禁因為劇烈疼痛而呻吟出聲。

「哼，這就是所謂的權宜之計。沒想到有這種手段。」

「痛死人了……手段是在說我的左手斷了啊？」

「大笨驢，真虧汝想得出這種手段。」

「這就是做生意的智慧。不過，妳的實力還是勝過了這個智慧。」

看見羅倫斯自嘲地笑了笑，赫蘿也一副受不了的模樣笑出來。

「那當然，汝那種膚淺智慧怎可能贏得過咱的策略。」

「很敢說嘛。」

「喲？難道汝贏得過嗎？」

赫蘿說著瞇起眼睛，露出了妖豔的笑容。

女人真的很狡猾，連露出這種笑容也這麼好看。

不過，赫蘿最狡猾的地方在於，她完全明白這樣的事實。

「哎，如果汝那麼有自信，就在待會兒的酒席上讓咱瞧瞧汝的本事唄。」

看見赫蘿說著輕輕揮手，羅倫斯只能發出「呃」的一聲，根本說不出話來。

他這才想起懷茲也會前來一起喝酒。

「請盡力以高價買下咱，好嗎？」

看見赫蘿笑著這麼說，羅倫斯當然不能示弱。

他這時反將了赫蘿一軍。

「沒問題啊。不過，付款方式是以蘋果支付。」

赫蘿有些出乎意料的樣子稍微睜大了眼睛，隨即她一臉不甘心地露出笑容，貼近羅倫斯說：

「汝這人有時候也挺硬的吶。」

「拿醋來泡一泡，說不定會變軟一點喔。」

赫蘿沒出聲地大笑起來，然後像在拿取易碎品似地，動作輕柔地握住羅倫斯的左手說：

「愛吃醋的雄性軟得難以下嚥。」

「那妳呢？」

羅倫斯以傷口不會疼痛的力道，反握住赫蘿這麼詢問。

「汝可以咬一口看看啊。」

羅倫斯聳聳肩笑著抬頭仰望天空，看見了一片透徹的藍。

完

狼與琥珀色的憂鬱

今天喝起酒來感覺特別暈。

連湖水都有辦法喝乾的賢狼，怎麼會才喝第一杯帶有麥香的水就頭暈？更讓人訝異的是，在第二杯喝到一半時，整張臉就發燙了起來。

而且，酒精這麼快就發揮作用，卻一直覺得很不舒服。不會是喝到了劣等酒唄？雖然用鼻子嗅了嗅，卻聞不出個所以然。

到最後視線也搖晃了起來，連眼皮都變得沉重，餐桌上的一道道佳餚看起來一片朦朧。灑上敲碎的岩鹽、不斷滲出油脂的牛肩肉明明就擺在眼前，卻一點食慾都沒有。怪了，這到底是怎麼回事啊？

等一下，在變成這樣之前，自己到底吃了多少料理啊？

咱該不會是身體不舒服吧？雖然反應有點慢，但總算是搞清楚了狀況。如果真是身體不舒服，那更不能像現在這樣一蹶不振。

如果現在是平常的用餐就好了。只要說一聲不舒服，旅伴一定就會細心地照顧自己，照顧到讓人難為情的地步。

然而，現在圍在小圓桌上的不只咱們兩人。

由於旅伴不夠機靈，使得咱們牽扯上了一場大騷動。但現在一切平安落幕，所以正在舉辦小小的慶功宴。

難得氣氛這麼好，自己怎麼能夠隨便破壞？慶功宴這種東西，不管規模多麼地小，都是非常重要的活動。

不過，不願在此倒下的理由，其實並非全然如此正經。

或許該說，此刻最大的理由，就是坐在自己面前的那個人本身。

她有著一頭淡金色頭髮、身材瘦弱，是個牧羊女。

在牧羊女面前，當然不可以出醜。

「不過，我還真是第一次知道羊能找出岩鹽。」

對於方才持續到現在的羊兒話題，旅伴又一副驚訝連連的模樣這麼說。

牧羊女看起來年約十五歲上下，忙著陪她說話的旅伴看起來則是二十來歲。身為賢狼，雖然還不能完全理解人類世界的一切事物，但看著隔著圓桌的兩人交談甚歡的模樣，說他們是一對情侶，還真有幾分像。

「不知道為什麼，牠們就是很喜歡鹹味……舉例來說，只要把鹽巴輕輕抹在石頭上，牠們就會一直舔個不停。」

「不會吧？妳說的是真的嗎？雖然忘記是何時聽到的，不過我曾聽說，在某個遙遠的城鎮，好像會利用羊來進行很特別的拷問。當時我還在想『那怎麼可能』呢。」

「利用羊？」

那個叫做什麼諾兒菈的牧羊女，露出了很感興趣的目光。那眼神就像乖巧柔順、讓人看了就想一口咬下的羊兒。

柔順如羊的牧羊女一邊說著，一邊向霸占著圓桌正中央的牛肉塊伸出手。方才加點的料理全是牛肉、豬肉和魚肉，沒有一道是羊肉。

雖然旅伴應該是考慮到與牧羊人同席才這麼做，但也應該問問咱的意見啊。

當然了，為了顧及賢狼的名譽，咱也不能任性地說想吃羊肉。

不對，吃不吃羊肉只是個小問題，根本不重要。

重點是，旅伴到現在還沒發現自己的同伴身體不舒服；還有明明這麼遲鈍，卻殷勤地拿起刀子把牛肉切成薄片，還幫牧羊女盛在取代盤子功能的麵包上。

看著旅伴的可惡舉動，忍不住氣得拿起酒往嘴邊湊，可是從方才就一直喝不出酒有什麼味道，只覺得胸口熱得快燒了起來。

心裡的另一個自己——那隻高傲的狼，現在正一臉難以置信地搖頭嘆氣。

可是，有什麼辦法啊。身體不舒服時心情一定也會變差，眼前還冒出一個可恨的牧羊女。更過分的是，身為旅行商人的旅伴，就是喜歡她這種看起來瘦弱又乖巧的黃毛丫頭。

喜歡什麼弱不禁風的女孩，這種雄性真是愚蠢至極。不過，這種話當然不能說出口，一旦說出口，就反而會讓自己變成沒藥醫的蠢蛋。

也就是說，現在只能採取防衛戰。

面對不合自己個性的戰鬥時，總是會特別耗神。

「我忘記那個城鎮叫什麼了。不過，那裡拷問犯人的方法，是讓羊去舔犯人的腳喔。」

「咦？讓羊舔腳？」

既然是這麼柔弱的女子，還以為一定會用麵包仔細地夾住牛肉，然後再仔細地切成小塊來吃，沒想到牧羊女就這麼咬了下去。

不過，因為嘴巴小，加上拘謹地不敢大口咬，所以牧羊女幾乎沒有咬斷食物，一副有些困擾的模樣。

應該把嘴巴張得更開，咬下去的時候還要用力拔才咬得斷；原本差點忍不住想這麼告訴牧羊女，卻看見旅伴笑得連眼睛都快瞇成一條線了。

這股憤怒要好好記在心頭，還要記住一件事情——

變身成人類時，要像那樣吃東西比較好。

「沒錯，就是讓羊舔腳，而且聽說還會在腳上抹鹽巴。犯人剛開始好像會覺得很癢，所以會痛苦地笑個不停。不過，過了很長一段時間後，羊還是一直舔個沒完，最後就會變成劇痛……」

可能是酒精多少發揮了作用，旅伴敘述時加上了誇張的肢體動作，還說得很生動。

旅伴的生活，是得從一個地方到另一個地方不停地旅行，想必很擅長描述這類故事。

可是，旅伴怎麼私下都沒說過半次？

一陣陣頭痛在太陽穴周圍湧起，彷彿就要滲透腦部似地。

「的確是有挺傷腦筋的時候。像吃完肉乾時，羊群會聚集過來，拚命地想要舔我的手。牠們都是很乖巧的孩子，只是……該怎麼說呢？牠們不懂得適可而止，所以有時候會很恐怖。」

「就這點來說，妳身旁的騎士就很聽話的樣子。」

聽到旅伴這麼說，狼耳朵不小心動了一下，但旅伴肯定沒發現。

說到牧羊人身旁的騎士，那就是討人厭的牧羊犬。

「你說艾尼克啊？嗯……艾尼克也有讓人傷腦筋的地方，牠有時候會太拚命，也許應該說牠很固執吧。」

諾兒菈一說完，腳邊便傳來一聲像在抗議似的吠聲。

牧羊犬正吃著掉在桌邊的麵包屑和肉渣。

而那隻牧羊犬，還不時從桌子底下朝向自己投來目光。

明明是隻狗，卻敢在高潔的狼面前表露出不輸人的戒心。

「那麼，既然能夠帶領像艾尼克這樣的牧羊犬，妳的工夫想必也很了不起吧？」

牧羊女驚訝地睜大了眼睛，然後臉頰微微紅了起來，想必她不是因為喝醉酒才臉紅。

尾巴的毛無法控制地在長袍底下豎了起來。

桌底下傳來的喘息聲像在嘲笑咱似地。

視線突然變得扭曲，肯定是因為太生氣了。

「對了，諾兒菈小姐接下來還是要完成自己的夢想嗎？」

夢想。

聽到這個單字，身體有所反應地抽動了一下，這時也才發現自己在打瞌睡。

說不定方才那些教人生氣的經過也都是夢；就快這麼說服自己時，急忙揮開這樣的想法。

不妙，真的很不舒服。

可是，現在只能想辦法不讓他們發覺，然後忍到回旅館為止。

再怎麼說，這裡可是敵方的陣地。

就算在自己的地盤是很有用的手段，換在敵陣使用時，極可能造成反效果。

假設在難得的慶功宴上說身體不舒服，場面一下子就會冷下來。如果要說這是誰的錯，肯定是說不舒服的那個人。

不過，回到旅館的狹窄房間後，就有屬於自己的地盤。

到時再說出自己身體不舒服，那就等同於手到擒來。

這道理就像把一時大意、沒發現獵人躲在草叢後方的兔子抓到手一樣。

想到這裡，就更覺得不可以在這裡出醜。那麼就打起精神，也拿桌上的肉來吃好了……怪了？怎麼連抬起手臂的力氣都沒有了？這樣根本碰不到盤子啊。

這算是今天最嚴重的失態。

「怎麼？妳已經喝醉了啊？」

不用看也知道，旅伴一定露出夾雜著苦笑的表情。

就算身體感到無力，咱引以為傲的耳朵和尾巴可沒有失靈。

不用靠眼睛確認，也知道旅伴一邊吃什麼，一邊擺出什麼姿勢又露出什麼表情。

所以，就算覺得煩，咱也明白當旅伴伸手幫忙拿取肉片，看到連「謝謝」也不說的自己時，他臉上的表情變成了什麼樣。

咱對於自己在對方眼中是什麼模樣，而對方看了又有什麼解讀，可以說是瞭若指掌。

不過，這時候已經覺得這些都不重要了。

現在只有一個願望。

「喂，妳的臉色……」

那就是躺下來休息。

「赫蘿！」

聽到旅伴——羅倫斯這麼大喊後，記憶就暫時中斷了。

恢復意識時，已經躺在重得快讓人喘不過氣來的棉被底下。

對於自己什麼時候、又如何回到這裡一事，幾乎完全沒有印象。

模糊的記憶裡，隱約記得自己好像是被背回來的。

雖然覺得沒出息，但同時也沒辦法否認內心有些飄飄然。

不過，說不定被旅伴背回來的記憶是在作夢，還是趕快把這種想法拋諸腦後會比較好。

事實上，以前確實作過這類的夢。

萬一錯把夢境當成現實而不小心道了謝，難保旅伴不會高興得飛上天。

堂堂賢狼當然不能表現出太多情感，因為賢狼生氣的時候就是罵人的時候，笑的時候就是誇獎人的時候；讓人有機可乘的時候，就是故意要讓對方失去戒心的時候。

「……」

在疊了好幾層的沉重被窩裡翻動身子，讓自己保持側躺的姿勢。

話說回來，真是太失態了。

想必慶功宴被迫中斷了吧。

以一個對慶功宴重要性有深刻體會的人來說，這實在太丟臉了。

不僅如此，在那個黃毛丫頭面前出醜同樣很丟臉。

這下子賢狼的威嚴恐怕不保。

就算不喜歡受人崇拜敬奉，並不代表不想保有威嚴。

尤其是在那個爛好人的旅行商人面前，更不能失去威嚴。

「……唔。」

話又再說回來——

想起過去在那個沒膽量的旅伴面前多次出醜，就覺得儘管現在如此失態，也沒什麼好特別在意的了。

每一次的醜態，都足以毀損賢狼的名譽。

不喜歡就生氣、覺得有趣就開懷大笑，就這樣不小心讓旅伴有機可乘。

明明才認識旅伴不久，卻甚至有種一起走過漫長旅途的感覺。一想起每次的醜態，就覺得像犯了什麼嚴重失誤似地胸口一悶。

很久以前當然也有過一、兩次嚴重失誤，但想起那些回憶時，一點也不覺得胸口苦悶。

一切都是從展開這趟旅行後，自己才突然變成這樣。

「……為什麼會這樣吶？」

終於忍不住嘀咕起來。

是因為最近好幾百年都獨自待在麥田嗎?那時每天過著無風無浪的生活，分不出昨天與今天，也分不出明天與後天的差別。只有在一年一次的收割祭、一年兩次的播種祭，以及祈求不要下霜、祈求下雨、祈求不要刮風的祭典時，才會偶爾想起時光在流動。

屈指一算後，會發現一整年裡面，只有大約二十個日子分得出昨天與今天的差別。這樣的生活，很自然地不會以「日」這麼短的單位，而會以「月」或「季節」為單位來看待時間，那二十天以外的日子，會一律變成「不是祭典的日子」。

相對地，旅行生活的感覺，就宛如每天都獲得重生似地新鮮。

待在麥田時，甚至可以看著樹苗成長成巨樹。與這樣的生活相比，和年輕的旅行商人一路走過的日子，可說相當於度過了幾十年的時間。

就算在一天當中，早上與夜晚的生活也完全不同。早上才侃侃諤諤地大吵一頓，中午就已經言歸和好，還故意讓旅伴取下自己嘴邊的麵包屑好捉弄他；傍晚時又為了搶食物吵個不停，但到了晚上，兩人會靜靜討論起明天的行程。

這樣的日子讓人不禁想問：「在過去的時光裡，曾有過如此讓人頭暈目眩的多變生活嗎？」

答案想必是肯定的吧。

以前也曾經與人類旅行過，或生活過好幾次。其中也有無法忘懷的回憶。

不過，在那段待在麥田裡，日復一日百無聊賴地梳理著尾巴、孤獨一人的日子裡，或許還會想起那些回憶，但現在的日子裡根本沒空去想。

旅伴昨天做了什麼？今天早上又做了什麼？還有，此刻在眼前的旅伴有什麼企圖？光是思考這些問題就夠咱忙了。

悠哉地想起故鄉，卻讓自己變得哭哭啼啼的舉動，也在認識旅伴不久後就不再有了。

因為太習慣每天數尾巴的毛髮，甚至還數上兩、三次的無聊日子，所以如此充滿刺激的日子讓人頭暈目眩，沒時間沉浸在悲傷之中。

如果要說現在的生活不快樂，那是騙人的。

甚至應該說因為快樂過了頭，反而讓人感到不安。

「……」

從側躺換成趴下的姿勢後，總算是讓自己輕鬆了些。這時不禁嘆了口氣。

難得擁有人類的模樣，應該學學人類的姿勢睡覺；雖然有心這麼做，但除了趴著之外，就是找不到輕鬆的姿勢。

趴下後如果再把身體縮成一團，那更是好得沒話說。

最近，看見旅伴像隻笨貓一樣地伸展身子，然後一臉呆樣地仰臥在床上睡覺的模樣，開始會覺得或許要在人類社會存活下來，就是要這麼毫無防備、這麼沒神經。

活了七十歲就算長壽的人類之所以會這麼短命，肯定是因為每天都太忙碌了。
他們應該去看看樹木是怎麼過日子。
別說是分不出昨天與今天的差別，樹木就連去年與後年也分不出來，所以才會那麼長命。
一路想到這裡，突然想不出來自己原本在思考什麼。
「……唔，牧羊女啊……」
這才總算想起事情的開端。
總而言之，自己在慶功宴上失態是事實。
不過，這裡是旅館，沒有人會來打擾。
既然這樣，那就能夠盡情捉弄那個不貼心的旅伴，大耍任性。
誰叫旅伴在宴席上只顧著陪牧羊女說話，根本沒有好好看過咱一眼。
明明是拜賢狼的自己所賜，才能夠度過難關，旅伴卻只知道向那牧羊女獻殷勤。就因為牧羊女的身材瘦弱？還是她有一頭金髮？
這樣想東想西時又覺得眼皮重了起來，這實在讓人很不甘心。
話說回來，那隻大笨驢到底跑哪兒去了？
這雄性真是越來越沒用，明明是重要時刻，卻還不陪在咱身邊；即便覺得自己這麼想很不合理，但就是無法抑制怒氣湧上心頭。這時，耳朵捕捉到了腳步聲。

「！」

聽到突來的腳步聲，不禁稍微挺起了身子。

此刻突然覺得自己這樣跟小狗的舉動沒兩樣。結果就懷著一股不知道該說是難為情還是憤怒的情緒，繼續趴在床上。

如此輕率的舉動，與擁有偉大威嚴的狼未免太不相稱。

因為不相稱，所以會覺得自己能夠化身為人類，而且還能做出這種與外表相符的動作，是真的很幸運。

不過，無論化身成什麼模樣，這種舉動還是會讓人感到難為情。

如果是為了讓對方掉入陷阱那也就罷了，要是自己在無意識之間做出這種舉動，可就太難為情啦。

敲門聲傳來。

這時當然不做出回應。不僅如此，還要翻身面向房門的相反方向。

經過短暫的沉默後，房門打開了。

「……」

因為每次睡覺時都會把頭整個埋在被窩裡，所以從被窩露出臉來時，大多表示著自己已經醒來了。

似乎也這麼認為的旅伴輕輕嘆了口氣，然後緩緩關上房門。

即便如此，咱還是別著臉沒有看向旅伴。

他這麼喜歡弱不禁風的女孩，看到咱趴在床上不動，一定會表現得很體貼。這樣的狀況可說勝券在握。

旅伴站到了床邊。

狩獵開始！

一邊這麼想，一邊做好準備轉身面向旅伴。

這時候要徹底表現出很虛弱的樣子。

然後，要帶點高興的表情。

「……呃……」

說實話，自己也搞不清楚自己說了什麼。

起初覺得，自己的舉動應該是為了表現出虛弱的效果。

不過，事後想了想，又覺得自己當時一定是吃了一驚。

畢竟回過頭後，眼前的旅伴沒有露出不知所措的擔心模樣，反而是目光銳利的憤怒表情。

「為什麼不跟我說妳身體不舒服？」

而且，旅伴一開口就這麼說。

「……」

驚訝地說不出話來。

因為作夢也想不到自己會挨罵。

「又不是小孩子了，妳不會是想說暈倒前都沒發現自己不舒服吧？」

第一次看到旅伴露出這麼真心生氣的表情。

旅伴走過的歲月短暫得不足掛齒，其智慧和體格也弱得可憐，想要追上賢狼根本是望塵莫及。明明是如此，旅伴的表情卻很嚇人。

咱啞口無言了。

自己這輩子走過的歲月有如沙灘上的沙粒般那麼多，但挨罵次數卻少得用五根手指頭就數得出來。

「妳該不會是因為捨不得酒菜吧？」

「什！」

當時絕口不提的原因，的確多少是為了顧及自己的面子。

不過，另一半原因不是。絕不是為了慶功宴上的酒菜，才隱瞞身體不舒服。

儘管不是出自本意，但漫長的歲月裡，咱一直被人類尊稱為神明。這樣的自己當然明白慶功宴有多重要，也知道絕對不能擾亂或破壞慶功宴。

這樣的想法，卻被說成那麼膚淺的理由……

「……抱歉，是我不對。剛剛是我失言。」

旅伴一副驟然驚覺的模樣開了口，然後深深嘆了口氣，別過臉去。

這時才發現自己露出了尖牙。

「咱才沒有……」

沒說出最後「那麼想」三個字就停了下來。

一方面是因為口渴，但更大的原因是，再次轉頭看向咱的旅伴表情足以讓人閉上嘴巴。

「我剛剛真的很擔心。要是在旅途中發生這種事情，妳說要怎麼辦？」

聽到他這麼說，這才總算明白旅伴為什麼會如此生氣。

旅伴是必須不停旅行的旅行商人。

如果在旅途中生病，身邊不見得有能夠照顧自己的同伴。

或許應該說，旅伴遇到獨自在荒野上痛苦掙扎的情形會比較多。

這讓人想起旅途中必須忍受難吃的食物和露宿的辛苦。

在這樣的狀況下生病，說是面臨死亡一點也不誇張。

雖然自己老是愛把「孤單」掛在嘴邊，但還是很習慣有人陪伴在身旁的生活；不過旅伴就不同了。

「……抱歉。」

自己的聲音低沉又沙啞。這是發自內心的表現，而非演技。

旅伴是個沒藥醫的爛好人，一定真心在替咱擔心。

只顧著想到自己，卻沒有替旅伴著想，這實在太讓人羞愧了。

越想越覺得沒臉見人，於是忍不住低下了頭。

「不會……只要妳沒事就好了。妳應該不是感冒……或生什麼病吧？」

旅伴的話語讓人感到開心的同時，也感到傷心。

因為旅伴的問法帶著膽怯之情。

咱是狼，而對方是人類。

像這種時候，就會突顯出自己是難以理解的存在。

「只是……有些疲累而已唄。」

「果然是這樣啊。我就在想如果是生病，我多少還懂一些。」

咱聽得出旅伴一半是在說謊。

不過，咱當然不會拆穿旅伴的謊言，也不會生氣。因為生氣只會讓狀況變得更糟。

「不過，妳該不會……」

「？」

看見旅伴說得吞吞吐吐的樣子，於是咱用眼神反問一次。結果旅伴一臉過意不去地回答：

「我在想，妳該不會是吃了洋蔥還是其他什麼食物吧？」

旅伴的話語讓人不禁睜大了眼睛，但不是因為生氣。

而是覺得有些有趣。

「咱……又不是狗。」

「我知道，妳是賢狼嘛。」

旅伴總算露出了笑容。這時，也才發現自己也露出睽違已久的笑容。

「不過，咱確實覺得酒菜很可惜。」

旅伴聽了後，露出張圓了嘴的驚訝表情。

「我畢竟是個商人，這些地方很精打細算的。剩下的酒菜我都包回來了。」

忍不住又露出了尖牙。

不過，這次是因為覺得好笑，嘴角才會不禁上揚。

「我是很想拿出來給妳吃，不過……」

旅伴收回笑容，迅速伸出了手。

旅伴的手不算粗糙厚實，但也不是那種養尊處優慣了的手。

那觸感與咱的手截然不同。說起來，旅伴的手比較接近狼掌，有著包了一層硬皮的觸感。

旅伴先用手指輕輕撥開咱的瀏海，然後觸摸額頭。

每次被旅伴的手一摸，就會變得很不鎮靜。

因為那手指的觸感與狼鼻子的觸感一模一樣。

用鼻子在臉上磨蹭，這動作太親密了。

這樣的想法當然不會寫在臉上，而旅伴當然也是表現得很自然。

旅伴一副理所當然的模樣，用掌心觸摸額頭說：

「嗯，果然還是有點發燒。妳應該真的很累吧？」

「還不是因為汝是個大笨驢……害得咱都要付出勞力。」

此言一出，馬上被旅伴乾巴巴的手指輕輕捏了一下鼻子。

「少在那邊裝有精神的樣子了。」

雖然旅伴臉上浮現像在調侃人似的笑容，但聽得出來他的話語是再認真不過了。

這教人難為情得不敢一直看著旅伴。

於是咱只好裝出一副不想再被捏鼻子的模樣別過臉去，然後躲在棉被底下，用一隻眼睛盯著旅伴。

「真是的，害我在諾兒菈面前丟光了臉。」

一時以為旅伴是在怪罪自己破壞了慶功宴，不禁縮起身子，但這樣的想法瞬間就消失了。

旅伴當時一定是驚慌失措到丟臉的地步。

聽到旅伴這樣的話語，就算沒有多不舒服，也會不惜假裝很不舒服的樣子。

「所以呢，暫時不讓妳吃肉。」

「唔。」

儘管用眼神訴說「這未免太殘忍了」，旅伴卻只是一臉無奈地看著自己說：

「不過，我會幫妳準備病人餐，讓妳好好恢復體力。到時候妳想吃多少肉、喝多少酒都行。」

雖然聽到最後那句保證，也不禁動了一下耳朵，但更教人心動的是「病人餐」。

不光是在待了好幾百年的村落，在一路見聞到的人類世界裡，人類生病時都能夠吃到相當豐盛的餐食。

如果換作是狼，身體不舒服時一定什麼都不吃，而人類的想法卻與狼相反。

照這情形看來，當然只好假裝自己真的很不舒服的樣子了。

不管怎麼說，現在旅伴好不容易把注意力從牧羊女移到咱身上。

怎能夠讓獵物逃掉呢？

「汝表現得太溫柔，以後會很恐怖吶。」

為了迎合旅伴的喜好，刻意裝出更像在強打精神的模樣說出不討人喜歡的話語。

堂堂賢狼就算因為疲勞過度而動不了身子，至少腦筋還是要轉得夠快。

旅伴笑了笑後這麼說：

「妳搶了我的台詞了。」

當旅伴的手指碰觸到臉頰的那一刻，咱不禁閉上眼睛心想「或許真的有些發燒了」。

隔天清晨在被窩底下醒來後，第一個動作就是豎起耳朵仔細聆聽。

沒聽到那脫線的鼾聲，看來旅伴似乎不在房間裡。

接下來試著聆聽自己身體的聲音。果然只是太疲累而已，沒什麼大礙。雖然現在胃口還沒好到能夠生吃羊隻，但若是灑上鹽巴再充分烤過的羊肉，那肯定沒問題。

昨晚因為旅伴要求先好好睡上一覺，所以沒吃到病人餐。

能在身體沒有大礙的狀況下享用佳餚，此等幸運事可謂千載難逢。

只不過，想到自己旅行還未滿一個月，不過加上一場小小騷動就累得發燒的虛弱模樣，不禁嘆了口氣，但同時又有些暗自竊喜。

正因為現在很虛弱，所以才更想讓旅伴看見自己的虛弱模樣。

「真是大笨驢一個。」

送了自己這麼一句話後，慢吞吞地從被窩底下探出了頭。

一旦習慣了在遼闊景色之下甦醒的暢快感，就覺得在這個小箱子裡醒來的感覺不夠舒服。

這甚至比不上在狹窄又寒冷的馬車貨台上醒來的感覺。

清醒後只要站起身子，就能夠在遼闊的天空下享受永遠吸不完的新鮮空氣，而且只有兩人單獨在一望無際的景色之中；不用說也知道這樣的狀況比較好。這種生活除非是睡在大樹洞裡，不然不會有阻礙視線的天花板存在。

一邊想著這些事情，一邊轉頭看向旁邊。

隔壁床鋪上果然看不到人影，用鼻子嗅了嗅，也只聞到淡淡的旅伴體味。

旅伴該不會是去教會幫咱祈求身體健康吧？

這當然不可能。不過，旅伴要是真去了教會，那可是一流的惡作劇。

想到這裡忍不住輕輕笑了出來，但因為四周沒有半個人，笑意很快就散了。

對著依舊冰冷的空氣呼出白氣後，用力抱緊似乎裝滿了麥殼的枕頭。

那個爛好人旅伴真是一點都不貼心。

「大笨驢……」

嘀咕了這麼一句，準備挺起身子時，卻被身體的笨重感嚇了一跳。

回想一下，才發現自己好幾百年沒有在化身成人類的時候生病了。

這時總算察覺，不過是經過一個晚上而已，自己竟然變得如此虛弱。

「唔。」

本來打算梳理一下尾巴的毛髮，但看樣子只能繼續躺著了。

這麼一來，現在能夠做的就只剩下吃飯，而且喉嚨也渴了。昨晚累了半天，結果幾乎什麼也沒吃到。

旅伴跑哪兒去了？到底在做什麼啊？

要是在約伊茲，看護病人時一定會一直陪在病人身邊。

讓病人醒來時找不到人，這根本是無可原諒的行為；在心中這麼謾罵旅伴時，耳朵聽見了腳步聲。

雖然沒有挺起身子，但耳朵自己挺得直直的。

因為覺得不甘心，於是再次抱緊了枕頭。

這時或許該慶幸旅伴不在身邊。

「醒了嗎？」

旅伴的敲門聲聽起來有些遲疑。他靜靜打開房門後，問了這個問題。

如果還在睡覺當然不可能回答，而如果已經醒來，回答這個問題也沒意義。

咱一邊這麼想著，一邊回答：「汝不會自己看嗎？」

「身體狀況怎樣？」

「身子挺不起來。」

因為是事實，所以盡量以輕鬆的口吻回答旅伴。

謊言的背後就是實話。

雖然旅伴嘴裡說「反正妳一定又在騙人了吧」，臉上卻露出非常擔心的表情。

看了一眼旅伴手上的皮袋後，再次把視線移向他那沒出息的臉。

旅伴表現得這麼可愛，這讓咱的立場是該往哪兒擺啊？

「妳的臉色……確實像個不食人間煙火的公主。」

旅伴會刻意開玩笑地這麼說，可見自己的臉色應該是真的很差。說來一直餓著肚子，臉色是能夠好到哪裡去？

「不過，咱肚子會餓。」

「哈哈。既然有食慾，那應該就不用擔心了。」

旅伴笑了笑後，繼續說：

「那這樣，我去請人家煮粥給妳吃。」

「咱也口渴了，那是水嗎？」

詢問的同時，把視線移向旅伴提著的皮袋上。那皮袋的容量不大，從氣味來判斷，至少能確定不是葡萄的馥郁芳香。

「喔，這不是水。妳昨天不是發燒嗎？所以我幫妳準備了蘋果酒。」

聽到蘋果，怎麼可能還乖乖躺著睡覺。

急忙打算挺起身子時，才想起自己被沉重的棉被壓著。

「喂，妳沒事吧？」

「唔……」

就算同伴被遭受雷擊劈倒的巨樹壓住，咱也能夠輕鬆救出同伴，如今卻無法救出被棉被壓住的自己。

旅伴臉上儘管露出擔心的表情，卻有些開心地伸出手攙扶。

「抱歉。」

在借助他人的力量下，總算從棉被底下拉出身軀，並坐起身子。

就連在腰部墊上枕頭、免得尾巴卡住的動作，也是在旅伴的幫忙下才得以完成。

人類的模樣竟然如此嬌弱。

不過，正因為如此，化身成人類的模樣才有意義。

「要是平常的妳也有今天的一半乖巧就好了。」

床鋪旁邊擺設著用來放置燭臺的掛架。此時掛架上沒有放上蠟燭，而是放了木杯。旅伴一邊把蘋果酒倒進杯子裡，一邊壞心眼地這麼說。

「如果乖乖在馬車貨台上睡覺，汝還不是一樣會生氣。」

「……因為只有我一個人起床很不公平啊。」

看到旅伴遞出杯子，於是伸出用雙手接過。

「而且，如果表現得太柔順，吃飯時會吃不贏汝。」

「我的體格比較高大，當然會吃得比妳多啊。」

聽到旅伴的話語後，露出不懷好意的笑容回答說：

「所以啊，為了與汝抗衡，咱的態度必須強勢一些。」

即便旅伴的表情看似不服氣地變得扭曲，卻想不出該怎麼反駁才好的樣子，最後只能不悅地搔了搔頭。

旅伴沒有表現出那種感到敬重佩服、嚴肅地讓人喘不過氣的反應。

他臉上那「下次一定要贏」的表情，說明了雙方的地位是同等的。

被這樣看待的感覺非常舒服。

別說是站在同等地位，旅伴甚至想盡辦法想佔上風。這樣的舉動讓人有說不出的開心。

如果對著旅伴說：「快點把咱壓倒在床上好嗎？」他肯定會紅著臉，一副慌張失措的模樣。

想像起那畫面，咱忍不住笑了出來，於是把杯子湊進嘴邊掩飾笑意。

忽然間，臉上的笑容迅速消失，但不是因為連同杯中物吞下了笑意。

「唔，嗯？」

把杯子從嘴邊挪開後，直盯著杯中物看。

杯子裡裝了淺琥珀色的液體。

旅伴詢問「怎麼了？」的聲音傳來。

「嗯……這味道……」

一邊說，一邊用手指搓了搓鼻子。難不成鼻子失靈了嗎？

然後，再聞了一次味道，但還是幾乎聞不到蘋果的味道，也感覺不到酒香。

突然不安了起來。

怎麼辦？耳朵和鼻子比眼睛更重要啊。

「喔，因為我稀釋過，所以味道比較淡。」

聽到旅伴乾脆爽快地這麼說，才安心地鬆了口氣不久，一股不滿又立即湧上心頭。

「汝稀釋得太淡了唄，害咱以為自己的鼻子失靈了。」

「妳不是發燒嗎？發燒就要喝沖淡的蘋果酒啊。」

儘管旅伴一副理所當然的模樣說道，不懂的東西還是不懂。

所以，咱皺起眉頭，以眼神詢問旅伴「為什麼發燒就要喝沖淡的蘋果酒？」

「嗯？喔，妳不知道這類知識啊？」

「咱是賢狼吶，咱當然明白世上有很多自己不知道的事情。」

「古人累積很多經驗，得到了所謂醫術的知識。妳暈倒後，我趕去洋行，急忙翻閱醫術書的珍貴譯本。」

醫術是什麼東西啊？

村民生病時不是熬煮藥草來喝，就是受傷時把藥草貼在傷口上，再來頂多是向村民自己捏造出來、根本不存在的神明或精靈祈求而已。

如果是在約伊茲，不是用舌頭舔，就是頂多在旁邊靜靜守護而已。

不過，自己對不懂的事物一向很感興趣。

再次嗅了嗅杯子裡的蘋果酒後，向旅伴問了：「那，汝看到了什麼內容？」

「首先，人體內有四種液體和四種狀態。」

「喲？」

「四種液體，是指心臟流出來的血液，還有膽汁、黑膽汁以及黏液。」

旅伴一邊一根一根地豎起手指頭，一邊得意地做說明。可是，光聽到說明，根本沒辦法相信這些。

不過，還是暫時安靜地聽旅伴說下去好了。

「大部分的疾病都是因為這四種液體的比例失去均衡才引起。像是疲勞啊、空氣不好啊，或

是星象變化，都會影響四種液體的比例。」

「嗯。啊，這個咱懂。」

咱露出淡淡笑容，對著旅伴這麼說：

「就像滿月時，體內的血液就會跟著沸騰一樣。」

刻意壓低下巴，然後抬高視線看向旅伴後，旅伴明顯露出吃驚的表情。

真是的，這麼純情的旅伴當雄性未免太可惜了。

「這、這種事情也是有可能發生的吧，就像海水退漲潮的道理一樣。然後啊，當這四種液體的比例失去均衡時，就要做一些放血之類的動作讓比例恢復均衡。」

「……人類還真愛想一些怪事情吶。」

「傷口化膿的時候，不是會把膿包擠破嗎？」

「什麼！」

因為太過驚訝，忍不住看向旅伴的臉。

直到看見旅伴臉上浮現奸笑，這才驚覺不妙。

「人類都會擠破膿包來治療傷口喔，很期待吧？」

咱別過臉去沒理會旅伴，只差沒說出「怎麼可能讓汝做出那麼野蠻的行為」。

「然後，有些症狀只要靠這樣的方法就能治癒，但有些症狀就一定要請醫生診斷。若是讓醫生看見妳長著這麼誇張的耳朵和尾巴，大家肯定會猜測到底得了什麼病而引起一陣騷動，所以不能帶妳去看醫生。因此，我要利用另外一種，也就是人體的四種狀態來幫妳治病。」

咱微微動了動耳朵，只用一邊眼睛瞥了旅伴一眼。

「說什麼四種狀態，其實就是喜怒哀樂唄？」

「真可惜，妳猜錯了。人體有熱、冷、乾、濕四種狀態。」

喝了一小口幾乎沒有味道的蘋果酒後，看了看自己的手掌心。

總覺得旅伴只是說了很理所當然的事情，讓人甚至有種被愚弄的感覺。

「然後，大部分時候都能夠靠食物來調節這四種狀態。因為食物同樣能夠以熱的食物、冷的食物、乾的食物和濕的食物來分類。所以，妳的狀況是身體太熱，吃蘋果這種冷的食物剛剛好。」

人類的習性就是喜歡把各種事物加以定義。

這是歷經漫長歲月，一路觀察人類生活下來，咱敢斷言的心得之一。

或許該佩服人類居然能不斷想出各種有趣的事情。

「既然這樣，咱比較想吃新鮮的蘋果。」

「新鮮的蘋果不行。雖然蘋果是冷的食物，但在醫術上算是乾的食物。身體不舒服時就代表身體處於乾的狀態，必須想辦法讓身體變濕。所以，這時候需要喝飲料。不過，因為烈酒太熱，

所以要稀釋過，讓烈酒變冷。」

唉，就是因為這樣，杯子裡才會裝了只帶著淡淡顏色的白開水啊。

不知道是剛剛學到這樣的知識，還是以前就會依賴這樣的知識，旅伴說話時一副很得意的樣子。看見旅伴這副德性，這時候如果反駁他「這麼做沒意義」，那才是一點意義都沒有。身為狼的自己還懂得就算屬於相同種族的人類，也會因為國家不同而做出完全不同舉動的這點道理。

如果換成是人類與狼，兩者相信的事物理所當然會有如此大的差異，所以還是別反駁好了。

「那，咱還可以吃什麼東西？」

「嗯，妳是因為疲勞過度才病倒。這就跟把麥桿堆在一起，也會產生熱度的道理一樣。所以，當身體因為疲勞累積而發熱時，首先要散熱。還有，這時候身體也會很乾才對，所以要讓身體找回濕氣。我們跑一跑後，不是會口渴嗎？可是，濕氣會讓身體變冷，身體太冷人就會變得憂鬱。因此，讓身體變冷後，必須讓身體暖和。根據前面的說明……」

一邊聽著讓人提不起勁的話語，一邊對自己期待吃到病人餐的天真想法嘆了口氣。

不過，一聽到旅伴接著說出的話語，又發現自己太早下定論了。

「根據前面的說明，我想想啊……妳應該可以吃這個。用羊乳熬煮麥子，然後放進蘋果片，再加上起司煮成的麥粥。這麥粥的煮法啊，首先要把蘋果——」

「嗯，這樣就好。咱想吃汝說的麥粥。不對，再不吃咱就要暈倒了。汝看，咱的臉色這麼差。喏，汝啊，趕快拿來給咱吃！」

咱大聲叫道，接著擦去就快流出嘴角的口水。

聽到有那麼好吃的麥粥，肚子當然無法控制地咕嚕咕嚕叫了起來。

「……妳是不是其實已經快康復了？」

「唔……頭好暈……」

明知不可能說頭暈就頭暈，但聽到自己這麼說，身體還搖搖晃晃地差點掉了杯子，爛好人的旅伴當然會忍不住伸出手來。

趁旅伴伸出手臂時，咱把身體無力地靠在他身上，然後抓準時機壓低下巴、抬高視線說：

「趕快拿來給咱吃，好嗎？」

可能是距離抓得太近，旅伴的臉頓時漲得通紅。

真是的，臉紅成這樣，都不知道是誰在生病了。

原來如此，人類的智慧果然值得佩服。看旅伴這症狀，或許有必要放血一下比較好……想到這裡，不禁在心中偷笑了起來。

「真是的……那，妳還要喝蘋果酒嗎？」

「嗯，這個留著喝。」

咱說著，再次接過杯子喝了一口。

蘋果酒是旅伴特地準備的東西。

要是因為難喝就把蘋果酒塞回旅伴身上，會讓人有些過意不去。

「麥粥要大碗的喲。」

聽到咱的叮嚀後，旅伴似乎找不到任何回應的話語了。

老實說，真的不知道等了多久。

因為心想麥粥不可能那麼快煮好，所以又鑽進了被窩，結果一下子就睡著了。現在之所以醒來，是因為那撲鼻的香味實在太香了。

不過，醒來時感覺不太好。不是因為身體不舒服，而是作了討人厭的夢。

故鄉的夢，還有麥田的夢。

那是伴隨鄉愁，同時也伴隨無限厭惡感的夢。

夢境裡呈現的畫面，是咱一肩扛下領導者應有的一切責任，身為多數生命之上的存在過活的那段日子。

那時的世界是一座森林。要是土地不夠紮實，就長不出樹木。所以，約伊茲的賢狼必須站穩雙腳，為多數生命奠定根基。如果不這麼做，森林轉眼間就會枯竭。

雖然沒有人要求、也沒有人被要求，但必須有人扛起這樣的責任。

當自己察覺時，脖子已經套上了沉重不堪的枷鎖。

不，雖然不確定那是多久以前，但想必自己一出生就被套上枷鎖了。

自己的存在與周圍的生命完全不同。

就算化身為人類的模樣，站在一千人裡頭，還是能立刻找出與眾不同的自己。

因為擁有力量，所以受到仰賴；因為擁有龐大的身軀，所以受到崇拜；因為幫得上忙，所以受到尊敬。

大家會認為服侍這樣的存在很理所當然，也會這麼去做。

因為只要這麼做，就能夠為自己帶來利益，於是他們無不誠心誠意地服侍。

不過，他們崇拜咱的時候，還會要求咱必須保有威嚴。因為崇拜的對象如果一副窮酸樣，哪還能期待這個對象會帶來利益。

明明沒有主動要求他們表示崇敬，卻因為自己無法棄他們於不顧，而被囚進他們準備好的籠子裡。

如果失去崇拜的對象，他們會變得膽怯、狂亂，最後在殘酷的四季變化之中分崩離析。

儘管知道自己愚蠢，但不管有多麼痛苦，還是無法丟下他們不管。

明明沒有主動要求、明明沒有被要求，卻這麼持續了好幾百年。

早就聞慣了美食的味道。

只是在那段日子裡，每當咱皺起鼻子聞味道時，都絕對不會有人對自己露出如此充滿親切感的笑容。

就算只是個不知天高地厚、傲慢無禮的小子也一樣。

「坐得起來嗎？」

身體已經漸漸復原，現在要從被窩裡鑽出來應該沒什麼困難才對。

不過，咱睡眼惺忪地搖了搖頭。

籠子裡的生活已成為過去。

長久以來的夢想就快實現。

終於能夠像小孩子一樣任性吵鬧，而且還能表現得如此有氣無力。

還有，能夠有受人保護的感覺。

「真是的，下次換我不舒服的時候，妳可得還我這個人情喔？」

因為疲勞和剛睡醒的關係，所以感覺全身都施不上力。在旅伴眼中，此刻自己的模樣，一定就像被人從被窩裡拉出來的貓咪。

雖然覺得難為情，但有了一次經驗後，就戒不掉了。

「那咱會用約伊茲狼的方式看護汝，汝願意接受嗎？」

為了掩飾挖苦自己的心情，咱故意露出了不懷好意的笑容。

不管有沒有成功掩飾了那份心情，旅伴還是有些僵住了臉。不過，如果旅伴聽到狼的看護方式，肯定會高興得不得了。

狼的看護要不是用舌頭舔，就是會一直陪在身邊。

因為旅伴沒有詢問是什麼看護方式，所以當然沒必要親切地主動回答。

「放心。咱的鼻子這麼靈，咱會在汝生病之前，避免這樣的事情發生。」

本來還想加上一句「咱不會因為與其他雌性相談甚歡，而連同伴不舒服都沒發現」，但最後打消了念頭。

雖然旅伴與牧羊女確實聊得很愉快的樣子，但那是因為旅伴知道該做自己份內的工作。

旅伴的份內工作就是炒熱氣氛。

這麼告訴自己後，也就坦然接受了事實。

「好啦，沒發現妳不舒服是我不對。不過可以的話，我希望妳主動告訴我。總之我這個人啊，似乎是有點遲鈍。」

旅伴聳了聳肩這麼說。

「咱想也是唄。就算咱得了重病，汝一定也不會很快發現唄。」

「咦？」

雖然旅伴一臉愕然地投來目光，但咱不會親切地把話說完。

旅伴遲鈍得連這時候要怎麼延續話題都不知道。

戀愛病。

除非到了末期，否則旅伴一定不會發現這個病。

「沒事。這不重要，咱要吃飯。」

聽到咱這麼說，旅伴突然像個小孩子一樣皺起眉頭。

人類總習慣以外表判斷對方。

旅伴很不甘心輸給外表像個小女孩的自己。

雖然心情有點複雜，但旅伴這樣的反應還是讓人覺得舒服。

流傳於人類世界的聖經上，不也挖苦地寫著「如果連神明也穿著破衣在路上行走，那麼神明就不需要再受到形式束縛」嗎？

「真是的，真不知道是哪邊的公主……」

即便嘮嘮叨叨地這麼說，旅伴還是掀開盛了麥粥的鍋蓋，並伸手拿取盤子。

在公主面前，沒有一個士兵會說壞話。

咱一邊露出不懷好意的笑容，一邊乾脆撒嬌到底地說：

「汝用湯匙舀粥餵咱吃，好嗎？」

旅伴聽到後，露出吃驚的表情。這麼沒出息的樣子想當士兵，恐怕很難吧。

「應該多放一點蘋果，這樣會更好吃的。」

「也對，冰冷的蘋果會使人憂鬱。」

「汝的……咕……汝的意思是咱開朗過了頭？」

在吞下送到嘴邊的最後一湯匙麥粥後，咱對著旅伴這麼說。

旅伴用深底的木盤子盛了滿滿的麥粥。在他的照料下，咱已經把兩盤都吃光了。

「我的意思是希望妳柔順一點。」

剛開始或許是因為害羞，麥粥吃得很不自在又燙口；但後來不知道是因為豁出去了，還是已經習慣，於是在非常舒服的狀態下吃完了麥粥。

這段時間裡，覺得自己好像變成了雛鳥，只要把嘴巴張開，食物就會自動送上來。

這時候旅伴如果還能夠幫忙梳理尾巴，那更是好得沒話說。不過，就算再怎麼懶，還是沒辦法把最重視的尾巴交由他人梳理。

聽見咱輕輕打了一聲嗝，旅伴稍微皺起眉頭。

「可是，咱在上次那個城鎮不是吃了很多蘋果嗎？」

「對啊、對啊。妳後來不是因為吃不完，所以變得很憂鬱嗎？」

「唔。」

旅伴說的一點也沒錯，但上次之所以會變得憂鬱，與蘋果的味道或冷熱特性無關，純粹是因為買了太多蘋果的關係。

「我可能還要一陣子才會想吃蘋果。」

雖然上次揚言要獨自吃完所有蘋果，但最後還是找了旅伴幫忙分攤。

不過，藉由那次的經驗，咱明白了兩人一起吃比一個人吃更好吃的道理。

當然，這種話不可能說出口就是了。

「看妳食慾這麼好，我就放心了。應該明天或後天就會痊癒吧。」

旅伴一邊收拾鍋盤，一邊這麼說。

「不過也不用急啦。離開這個城鎮後，又要坐在馬車上好一段時間。妳就安心慢慢休養吧。」

旅伴是個不會識破謊言的爛好人。

不，他應該是個不會懷疑別人會說謊的爛好人。

胸口升起一股罪惡感的同時，正好與抬起頭的旅伴四目相交，不禁瞬間屏住了呼吸。

旅伴露出十分擔心的眼神。

真的很不應該繼續裝病。

「……抱歉，拖累到汝的行程。」

可是，當自己察覺時，這句話已經脫口而出。

難得有這麼好的機會，咱怎麼捨棄得了啊。

「早在撿到妳的時候，我就放棄趕路了。而且，俗話說不打不相識，我在這個城鎮也重新找回信用，甚至變得比以前更好。能夠有這樣的收穫，就算晚兩、三天出發也很值得。」

咱忍不住在心中嘀咕了起來。

自己能夠坐上這個爛好人的馬車，真應該感謝人類崇拜的幸運之神。

要是不帶著輕蔑和嘲笑之情，不停嚷著旅伴是個爛好人，就怕自己轉眼間會以別的稱呼來呼喚他。

好希望他陪伴在身邊。

光是看見旅伴收拾好餐具，然後為了歸還餐具準備走出房間，尾巴就如此不鎮靜地甩動著。

「不過，汝啊。」

「嗯？」

旅伴投來讓人無法正視的率直目光。

「旅館裡頭……那個，太安靜了……」

因為太過難為情，說到最後聲音突然變得沙啞。

不過，旅伴一定以為那是演技。

然後，他應該會在察覺那是演技的同時，也是真心話。

即使閉著眼睛，也能憑動靜感覺到旅伴先是露出有些驚訝的表情，然後浮現笑容。

「的確，畢竟坐在馬車上太吵了，反正我今天也沒事可做。而且，我還要跟某個大胃王商量一下晚餐要怎麼安排。」

所以，旅伴會陪伴在身邊。

陪伴在像幼兒一樣如此任性的自己身邊。

看見旅伴一副感到疲憊的模樣笑了笑，咱便刻意裝出鬧彆扭的樣子別過臉去。

沒有任何干擾，也沒有一絲陰霾的互動。

如果說幸福是看得見的東西，或許就是這樣的互動。

「那，妳有沒有大概想到要吃什麼？醫術上的細節可以晚點再查醫書，但市場如果關掉，就買不到材料了。」

「唔，嗯……」

「雖然妳看起來精神還不錯，但體內就不見得了，所以不能吃造成身體負擔太重的食物。」

「也不能吃肉嗎？」

壓低下巴、抬高視線說道。

這完全是演技。

「當然不行，只能吃粥或泡了麵包的湯……」

「唔……那這樣，剛剛吃的那個，那是羊乳對唄？」

聽到咱指著旅伴抱在懷中的餐具這麼說，旅伴點了點頭。

「那羊乳的味道又香又濃很好吃，咱要喝羊乳。」

「羊乳啊……」

「有什麼問題嗎？」

旅伴聽到自己的問話，搖了搖頭。

「羊乳很容易酸掉，所以到了下午，新鮮羊乳的價格會抬高。妳一定是想喝新鮮的羊乳吧？」

「那當然。」

咱露出了尖牙笑道，於是旅伴聳了聳肩說：

「那這樣，就再請諾兒菈幫忙找好了。她不愧是個牧羊人，很懂得分辨羊乳新不……」

旅伴永遠不會說出最後的「新鮮」兩字。

「與諾兒菈一起？」

因為咱這麼反問了。

在連自己露出什麼表情都不知道的情況之下，下意識地反問了。

看見旅伴露出「不小心說了不該說的話」的表情，可想而知自己臉上會是什麼樣的表情。平靜的氣氛一下子全消失了。

旅伴會稱讚很懂得分辨羊乳，就表示自己在睡覺時，旅伴與牧羊女一起在街上走動。

與那個可恨的牧羊女……

兩個人一起……

趁著咱在睡覺的時候！

「不是啦，我純粹是為了想幫妳買高品質的羊乳……」

「有錢能使鬼推磨，哪還需要特地請人分辨什麼好壞！」

咱一邊發出低吼聲，一邊充滿恨意地這麼說。

心中還不停吶喊：「叛徒！叛徒！叛徒！」

只要回想一下旅伴過去的表現，不用想也知道，如此沒膽量的旅伴不可能做出讓自己如此生氣的事情，但就是覺得他背叛了自己。

誰叫牧羊人與狼是仇敵。

「但、但也沒有堅持不請她帶路的理由啊。不、不過啊……」

旅伴一副大大地找錯話題的表情。

他慌張地找尋話語想要掩飾失言。

不過，這樣只會讓連自己也覺得不合理的怒火越燒越旺，對旅伴更心生懷疑。忍到終於忍不住要說出心中想法的瞬間——

「不過，為什麼妳對諾兒菈會這麼反感？」

時間忽然停止了。

「啥？」

因為自己凶狠的態度而畏畏縮縮的旅伴說出太教人意外的話語，讓人不知道該如何反應。以至於自己一臉呆然地張著嘴巴，發出了脫線的反問：

「什、什麼？」

「沒、沒有，我是說，妳過去與牧羊人有過什麼過節我並不清楚，也明白妳是狼，所以不喜歡牧羊人。可是，沒必要這麼強烈地表示敵意吧？雖然諾兒菈是個牧羊人，但是怎麼說呢……」

旅伴保持雙手抱著鍋盤的姿勢，有技巧地用手指搔了搔頭。

「妳想想，她個性那麼好。凡事都有例外不是嗎？」

咱差點忍不住大吼：「大笨驢！」

之所以沒有大叫出來，不是因為身體疲勞還沒復原，也不是會因此喪失賢狼的格調。

而是旅伴的愚蠢程度，讓人連大叫的力氣都沒了。

沒錯，自己確實因為剛離開獨自生活了好幾百年的麥田不久，所以情緒有些不穩定；也因為疏於交談，而必須非常細心謹慎地與人對話，並因此深刻體會到自己忘了怎麼觀察對方心理的細微變化。

所以，總覺得長年獨自在馬車上過活的旅伴在咱面前會如此遲鈍，也是沒辦法的事情。

可是，就算再遲鈍，也該有所察覺啊。真是難以置信到了極點。

明明沒有力量，陷入窘境時卻表現出不屈不撓的精神；明明少根筋，遇上逆境時卻能夠穩住陣腳發揮智慧；明明很容易心軟、感覺內心很脆弱，遇上緊要關頭時卻擁有堅持到底的意志；這樣的旅伴為什麼在這麼重要的時刻，會表現得如此不俐落、如此愚鈍？這實在讓人完全想不透。

不禁訝異地心想他真的沒有察覺到嗎？

該不會是在試探自己吧？

基本上，從約伊茲的賢狼討厭牧羊人的關係圖中，就應該有所察覺才對啊。

狼是獵捕羊兒的存在，而牧羊人是保護可憐無力羊兒的存在。那麼，在這樣的關係圖中，狼是誰？牧羊人是誰？而羊兒到底又是誰？只要思考這些問題，很快就能明白咱不高興的原因。

狼不是討厭牧羊人，而是討厭牧羊人在羊群身邊走來走去。

狼一心只想不要讓牧羊人保護羊兒；不要讓羊兒隨著牧羊人的笛聲而去；不要讓無力又脫線、腦袋空空的羊，呆呆地跟著溫柔又純樸的牧羊人走！

思考了這些事後，咱忍不住嘆了口氣。

旅伴仍然一副不明所以的表情杵在原地不動，那模樣根本就是可憐又無知的羊兒。

旅伴用湯匙舀粥，然後餵給自己吃的那段甜美時光，彷彿成了遙遠過去的回憶。

再差一步，夢想就能夠完全實現。

現在已經從籠子解脫，高興做什麼就做什麼也不會遭人白眼，就算任性行事也不會有人因此感到困擾。

所以，之所以一直擬定策略、玩弄文字遊戲，就是為了能像這樣為所欲為，哪怕只有一次機會也無所謂。本來明明已經能夠如願地像個小孩子一樣玩鬧，現在卻落得這般慘狀。

說到底，就是贏不了天生少根筋的人。

這就像一起喝酒喝到天亮，沒喝醉的人要負責看護喝醉的人的道理一樣。

「汝啊。」

說話時的聲音之所以顯得有些疲累，是因為精神上真的累了。

終於明白原來要像個小孩子一樣天真地、安心地、使勁地玩鬧，是一件多麼困難的事情。

狼想要扮成羊，終究是不可能的事。

旅伴八成覺得咱是個讓人摸不透、披著羊皮的狼，但休想責怪咱不對。

要怪就怪旅伴表現得像一隻羊，害得咱也想扮成羊，卻弄巧成拙成了四不像。

如果兩隻羊都如此脫線，恐怕會一起摔下懸崖。

這麼一來，就必須有個人保持清醒地引導對方。

真是吃了大虧。

咱天生就是吃虧的命。

「是咱不對。」

聽到咱刻意像在鬧彆扭似地這麼說，旅伴顯然鬆了口氣。

「不過，討厭或喜歡一個人是不需要理由的。咱記得以前也這麼說過。」

「嗯，那當然。我也知道不能用道理來解釋一切。」

雖然旅伴一副很能理解咱心情的模樣說道，但想必他沒能理解這話的箇中真意。

真是的，看來就算允許旅伴摸頭，還是沒辦法連梳理尾巴都交給他來做。

會有那樣的一天到來嗎？

咱一邊疲憊地看著旅伴，一邊這麼想。

「對了，汝啊。」

然後，聽到咱這麼一說，旅伴就露出一副彷彿在說「還沒結束啊」似的警戒模樣。

旅伴就像隻打算摸牠的頭而靠過去，卻瞬間縮起身子的小狗一樣。

「汝把那東西拿去歸還後，立刻回來好嗎？」

說這句話時，咱當然沒忘記一改表情地展露笑顏。

看到咱驚人的變臉速度，旅伴雖然愣了一下，但很快地會意過來。旅伴再遲鈍，也還不至於到無可救藥的地步。

「……嗯，知道了。畢竟旅館太安靜了。」

一能接上話，就忍不住露出得意洋洋的表情，這樣不是大笨驢是什麼？

不過是做出極其理所當然的反應而已，卻得意成這樣，真是蠢到不能再蠢了。

對於咱的辛辣批判，旅伴當然完全不知情，還用如釋重負、一臉輕鬆的表情開了口：

「那，我拿去還一下就回來。妳想喝什麼嗎？」

雖然已經累得連嘆氣都懶，但旅伴在咱面表現得還算用心。

所以，就大方地獎賞他唄。

「咱想喝汝幫咱泡的蘋果酒，然後趕快恢復體力。」

旅伴露出了笑容，看來他是真的很開心。

看見旅伴的笑臉，就是想凶也凶不起來了。

「那，妳乖乖在房間裡面等。」

然後，旅伴得意忘形地說完，便走出了房間。

簡直就是個蠢到沒得救的大笨驢啊。不過，在這種大笨驢身邊晃來晃去的自己，或許也是同類吧。

真是和平又安穩的時光。

這樣的時光是如此地珍貴。

所以，必須有技巧地加以控制、讓氣氛加溫，然後慢慢享受箇中樂趣。

不過，有一點讓人掛心。

想到這裡，咱慢吞吞地讓身體陷入被窩裡，然後學人類那樣躺在枕頭上。

不知道旅伴之前是過著多麼枯燥乏味的生活，只要說一些甜言蜜語或稍微撒嬌，很快地就會被攻陷。如果過度使用這種招數，恐怕會越來越沒有效果。

因為不管任何事情，只要一直反覆進行，眾生都會有感到倦怠厭煩的一天。

這麼一來，就必須想出其他招數。

有什麼招數好用呢？這麼一想，很快地想到了好伎倆。

既然甜的東西吃膩了，那就改吃鹹的啊。

既然笑臉變得不再吸引人，那就在眼角浮現些許淚光好了。

這道理非常單純。

想必用在單純的羊兒身上會非常有效。

「……唔？」

想到這裡時，突然有個什麼思緒閃過腦中。到底是什麼呢？稍加思索後，馬上找到了原因。

那是昨晚自己以暈倒收場的晚餐時聽到的話題。

那是有關羊兒的話題。談話中提到羊有著只要有鹹味，就會舔個不停的習性。想到這個話題，讓人不禁聯想到奇怪的畫面。

那是在自己臉上塗了名為「淚水」的鹹味後，旅伴就一直舔臉舔個不停的畫面。

剛開始或許會覺得難為情或嘻嘻笑個不停，但很快地一定會變得鬱悶。想也知道旅伴不可能懂得適可而止的道理。因為太容易就能夠想像出那種畫面，不禁感到有些掃興。

對付那個大笨驢，還是好好抓住轠繩，讓他乖乖照咱指示動作比較妥當。

一邊心想「真是勞神費力的工作」，一邊翻過身子。

即便如此，把臉埋進枕頭後，還是側躺著把身體縮成一團，咯咯笑了出來。

真的很久沒有碰到這麼愉快的事情了。

其實自己也不太清楚什麼事情讓人愉快。因為有太多愉快的事情，所以沒辦法決定出最重要的理由。

不過，如果要勉強擠出一個理由，大概就是旅伴明明是隻脫線得很的羊，卻很難用普通方法應付。

這點與狩獵的趣味很相似，有種能夠煽動狼心的感覺。

旅伴的腳步聲傳來。他似乎到樓下放了餐具後，就遵守承諾地立刻走了回來。

胸口輕輕發出「噗通、噗通」的心跳聲。

尾巴扭曲在一起，耳朵微微顫動。

鼻子癢癢的，忍不住在枕頭上磨蹭。

這種像是手到擒來，又沒有完全落入手中的狩獵趣味，實在是太美妙了！

腳步聲在房門前停了下來，期待也到達了最高點。

嘴角忍不住地上揚，然後轉頭面向房門。

然後，房門打開了。站在門外的是——

「赫蘿。」

旅伴面帶笑容這麼呼喚。

身邊還帶著牧羊女。

「諾兒菈小姐特地來看妳。」

真是的，果然用普通的方法對付不了。

牧羊女的笑容如初夏的草原般澄澈無比，看見她露出這樣的笑臉時，咱之所以能夠也回以賢狼應有的笑容，並非因為長年的經驗累積所致。

而是因為太愉快，只好笑了出來。

想要完全抓住這個大笨驢旅伴的韁繩，真是困難得讓人不禁想要露出苦笑。

「妳身體有好一點嗎？」

牧羊女──諾兒菈這麼詢問。

「沒什麼，只是有些疲累而已。」

聽到牧羊女的問句，除了這麼回答，還能夠怎麼回答？

就算擁有賢狼的頭腦，也不知道還能夠怎麼回答。

在一片祥和的互動氣氛中，旅伴一臉彷彿在說「做得很好」似地，得意洋洋地點著頭。

有這種旅伴不會疲累嗎？

別說是疲累，甚至就快要發燒了。

「不過，咱正想找人聊聊天。說到聊天，咱之前就很想問汝一個問題。」

「咦？是要問我嗎？」

原來如此，牧羊女這般聰明卻不驕傲的謙虛表現，也難怪旅伴會被攻陷。

「如果是我能夠回答的問題，我很樂意回答。」

然後，牧羊女展露笑臉說道。

真是個不容忽視的對手。牧羊女的確不容忽視，但身為狩獵者的咱難得能夠與這樣的對手溝通，當然要這麼詢問：

「領導羊群的秘訣是什麼？」

牧羊女有些意外的樣子睜大了眼睛，但立刻恢復往常的笑臉。
那隻傲慢的牧羊犬跟在她身邊，依舊以充滿戒心的模樣窺視著咱。
全身淡灰色的純樸牧羊女，臉上帶著溫柔的微笑緩緩開了口：
「擁有一顆寬容的心。」
聽到這個答案的瞬間，彷彿有一陣風吹過的感覺。
這女孩不是冒牌貨。
她是真正的牧羊人。
飼養羊兒必須擁有一顆寬容的心。
瞥了旅伴一眼後，不禁心想「確實是這麼回事」。
諾兒菈發現咱的視線後，瞬間露出有所察覺的表情。
只要是個聰明人，就能夠像這樣在瞬間看出端倪。
「誰叫羊都覺得自己很聰明吶。」
諾兒菈把視線移回咱身上後，露出有些傷腦筋的表情，但臉上浮現看似愉快的笑容。
自己與這女孩似乎能夠變成好朋友。
不過，看著沒發現自己成為別人的討論對象、一臉笑嘻嘻的旅伴，不禁會沒自信地想，不知道有沒有辦法完全抓住旅伴的韁繩。

這個問題的答案，恐怕就真的只有神明知道吧。
虧自己還一直以神明之姿受人供奉，居然連這答案都不知道。
用怨恨的目光瞪著旅伴時，旅伴顯得一臉愕然。
這讓咱忍不住在心中吶喊：「汝這隻笨羊！這隻純真無垢的羊！」
即便如此，旅伴那脫線過了頭的地方還是——
「真是個大笨驢。」
嘴裡忍不住嘀咕起來。
——沒錯，咱還是最喜歡這隻脫線的羊。

完

後記

好久不見，我是支倉凍砂。

不過，一邊寫著這篇後記，我一邊心想「這樣算是好久不見嗎？」其實也才隔了兩個月而已（註：此為日文版的狀況）。以前會覺得一星期過得很慢，但最近覺得一星期「咻」一下就過去了。

我想，可能是我一天有十六小時都在睡覺的緣故吧。這陣子每天睡覺的時間比醒來的時間還要長，過著分不清是夢境還是現實世界的日子。所以呢，一般人的兩個月對我來說只有一個月，難怪會覺得時間過得快。

言歸正傳，這次的作品形式與往常的長篇故事有些不同。

這次作品收錄了刊載於《電擊ｈｐ》的短篇及中篇故事，然後加上新的短篇故事。

中篇故事是描述赫蘿的往事，短篇故事則是穿插在長篇故事之間的幕間故事。

中篇故事以描述赫蘿的大姊姊風範、短篇故事以描述赫蘿的貪吃表現為主。真可憐，都不知道羅倫斯跑哪兒去了？

不過，如果要說這次作品當中最值得推薦的是哪一則故事，答案會是新的短篇故事。

那是我第一次以赫蘿觀點來描述故事。

起初非常擔心沒辦法順利以赫蘿觀點來描述，但開始寫作後，完全樂在其中。就算回過頭再讀一遍，也看得出自己當時確實很享受於寫作。所以，我相信大家一定也能夠看得津津有味。

對了，換個話題聊聊。不久前，我搭了某作家買的四百二十四馬力汽車。

四百二十四馬力耶！這麼大馬力是要在日本的哪裡奔馳啊？那東西已經不能叫做汽車，要叫做雲霄飛車了。車子一加速，甚至能夠感覺到全身血液流向身體後方，直到加速完畢後，血液才會再流回來。

那雲霄飛車的外觀超酷，就連我這個汽車白痴都能夠感到氣勢非凡。

只是很可惜的是，這麼炫的車子載了因為熬夜趕稿而精神不濟的四個作家，不是前往夜景美麗的東京灣，而是去了能治療腰酸背痛的溫泉設施。

那也就算了，沒想到大家年紀也不算小了，竟然穿上浴衣就興奮地說：「我們來滑壘吧！」然後在木板地板上大玩滑壘遊戲。別誤會喔，我們那天一滴酒也沒沾。為了保護自己的名譽，我還是先聲明一下，我可沒有做出這麼沒品的事情喔。相信我，是真的！

後來大家互罵彼此缺乏運動，於是比了腕力、也比了伏地挺身的次數，還拍了大頭貼，簡直就像參加畢業旅行一樣。

回程當然也是搭了有四百二十匹馬力的超炫車回家。

不過，途中被五十c.c.的小綿羊追過時，居然還認真追起了小綿羊。這樣的行為好像有點幼稚。

東拉西扯地寫了一堆，總算是填滿了頁面。

下一本作品將恢復成平常的長篇故事。

我也很想讓羅倫斯變得帥氣一點，只是誰知道故事會怎麼進展呢？

那麼，我們下次再見了。

支倉凍砂

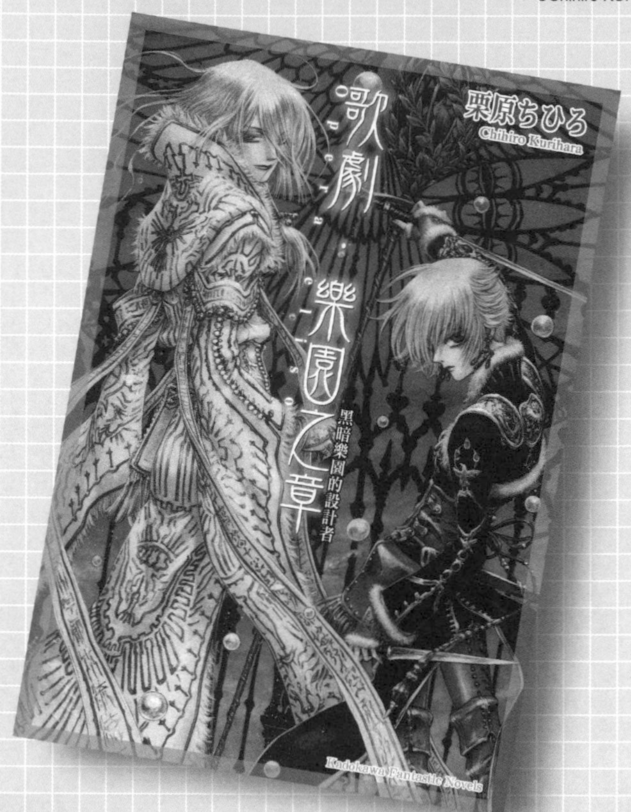

Kadokawa Light Novels

歌劇系列 1~4 待續

作者：栗原ちひろ　插畫：THORES柴本

無限的悲傷、無止盡的淚水——
痛苦近似發狂的情緒頓時湧入卡那齊的心中。

身兼藥師和劍士身分的青年卡那齊、謎般的詩人空，還有魔導師少女米莉安一同結伴旅行。他們三人面對目標為殲滅全人類的組織「黑之搖籃」。在最終決戰前，卻因各自的思緒而搖擺不定。背負命運與罪過的宿命旅行，即將踏入震盪不安的險境！

各 NT$180/HK$50

Kadokawa Light Novels

薔薇的瑪利亞 1~4 待續 Ver0 待續

作者：十文字 青　插畫：BUNBUN

昨日的敵人成爲今日的戰友——〈ZOO〉‧〈龍州聯合〉聯手出擊!?

神秘人物——路易突然出現在艾爾甸，這名自稱「暢銷作家」的男子懸賞8億達拉，獵捕傳說中的通緝犯「蜥蜴四兄妹」。瑪利亞和其他ZOO的夥伴也為了獎金而參與行動，又將有什麼樣的風波等著他們!?本傳第四集——萌生於異常事態下的戀情與全新發展！

各 **NT$200～240/HK$55～68**

Kadokawa Light Novels

THE THIRD 1~4 待續

作者：星野 亮　插畫：後藤なお

第10屆富士見書房長篇奇幻小說大賞準入選，
日本銷售量突破150萬本的豪邁冒險物語！

人類文明衰退，世界為黃沙所覆蓋。在如此渾沌的時代裡，火乃香身懷高超的拔刀術，與夥伴波奇從事萬事通的工作。在難得的假期裡，她與摯友蜜莉一同展開沙漠旅行，彼此卻在這片殘酷而溫柔的廣大沙漠中，遭遇瀕臨死亡的危機!?

各 **NT$180~200/HK$50~55**

台湾角川

黃昏色的詠使 1～3 待續

作者：細音 啓　插畫：竹岡美穗

「敗者」的魔掌……
終於伸向庫露耶露及奈特等人!?

名詠專修學校——多雷米亞學院裡，潛入了一名能夠讓人石化的灰色名詠使用者，並接二連三石化了校內的人員。來意不明，自稱「無名敗者」的神秘男人，將對庫露耶露及奈特造成意想不到的威脅……從這一集開始，系列作的背景故事將開始明朗化！

各 NT$180～200/HK$50～55

Kadokawa Light Novels

Resin Cast Milk

虛軸少女 1~2 待續

作者：藤原祐　插畫：椋本夏夜

eternal idle　　　　分裂症

「無限回廊」vs「有識分體」

虛軸對上虛軸的危險遊戲，第二幕即將展開！

eternal idle

少年・城島晶的父母遭到「無限回廊」流放異世界，從此以後便和他的虛軸（cast）・城島硝子共同生活，一面維持僅存的日常一面尋找雙親仇人的下落。就在他逐漸成長到能夠獨當一面之際，仇人的魔掌也越來越靠近……溫馨又黑暗的校園動作小說第二集！

各 **NT$200/HK$55**

國家圖書館出版品預行編目資料

狼與辛香料 / 支倉凍砂作 ; 林冠汾譯. --
初版. -- 臺北市 : 臺灣國際角川, 2007.08-
冊 ; 公分. -- (Kadokawa fantastic novels)
譯自 : 狼と香辛料
ISBN 978-986-174-451-3(第2冊 : 平裝). --
ISBN 978-986-174-492-6(第3冊 : 平裝). --
ISBN 978-986-174-560-2(第4冊 : 平裝). --
ISBN 978-986-174-646-3(第5冊 : 平裝). --
ISBN 978-986-174-783-5(第6冊 : 平裝). --
ISBN 978-986-174-949-5(第7冊 : 平裝)

861.57 96013203

Kadokawa
Fantastic
Novels

狼與辛香料 VII
Side Colors

（原著名：狼と香辛料Ⅶ Side Colors）

2009年2月4日 初版第1刷發行
2024年6月17日 初版第15刷發行

作　　者：支倉凍砂
插　　畫：文倉十
日版設計：渡辺宏一
譯　　者：林冠汾

發 行 人：台灣角川股份有限公司
總 　　監：呂慧君
總 編 輯：蔡佩芬
主　　編：林秀儒
編　　輯：黎夢萍
設計指導：陳晞叡
美術設計：莊捷寧
印　　務：李明修（主任）、張加恩（主任）、張凱棋、潘尚琪

發 行 所：台灣角川股份有限公司
地　　址：104台北市中山區松江路223號3樓
電　　話：（02）2515-3000
傳　　真：（02）2515-0033
網　　址：www.kadokawa.com.tw
劃撥帳戶：台灣角川股份有限公司
劃撥帳號：19487412
法律顧問：有澤法律事務所
製　　版：巨茂科技印刷有限公司
ＩＳＢＮ：978-986-174-949-5

OKAMI TO KOSHINRYO Vol.7
©Isuna Hasekura 2008
Edited by 電撃文庫
First published in Japan in 2008 by KADOKAWA CORPORATION, Tokyo.
Complex Chinese translation rights arranged with KADOKAWA CORPORATION, Tokyo.